コーヒーの囚人

砂村かいり

光文社

コーヒーの囚人

装画
Giselle Dekel

装丁
albireo

CONTENTS

コーヒーの囚人

彼女が出て行ったのと彼が訪れたのは、ほとんど同時と言ってよかった。

ただ、彼女のほうが、わずかに早かった。

彼のほうが一歩遅かったと言っても、もちろん差し支えない。


「とりあえずよかった」

初めて顔を合わせた彼の、第一声がそれだった。私の背後の空間をのぞきこむように首を動かしながら、無理やり作ったような笑顔で。

彼の体がストッパーとなって半開きになったままのドアから、雨の気配が室内に流れこんでくる。関東は梅雨《つゆ》入りしたばかりで、ちなみに私は朝食を胃に詰めこんだばかりだった。

日曜日の午前九時十五分は、面識のない他人の家を訪れるのにふさわしい時間とは思えない。それでも「鈴木実果《すずきみか》さんとお付き合いしている者でして」と言われ、私の手は反射的にドアを開けていた。

「……何がですか」

「女の子と住んでるとは聞いてたけど、心のどこかで疑っていたみたいです。何度頼んでも家に呼んでくれないし、ほら彼女ってああいうひとだから。ああ、あなたが女性でよかった」

漫画の作中人物がよくそうするように片手を胸にあて、安心したことを示している。梅雨冷えで外はいくらか寒かったのだろう、黒縁眼鏡《めがね》のレンズがわずかに曇っている。

はあ、と間の抜けた返事をしながら、目の前の男を観察する。背は私とさほど変わらないくらいか。薄い茶系のトレンチコートの袖は、雨だろう、細い線状に濡《ぬ》れている。鮮やかな緑色の傘の柄を握りしめる右手の薬指に光る指輪は、実果とおそろいのものだとひと目でわかった。ただし実果の指からは、ここ最近は外されていたのだが。

「あのう、いませんけど」

男があたりまえのような顔で立ち尽くしているので、私はそう言った。男は顔の筋肉をぴくりと動かし、細い両目を険しくした。

「本当に？　たしかに靴はないようだけど……」

「靴なら靴箱の中に何足か残ってますが、でも実果はいません。出て行っちゃったので」

「え……どこへ」

「えっと、なんとか島」

「島？」

「フィリピン諸島の、どっかの島です」

男の表情は急速冷凍されたみたいに固まった。

はぁ――――っ。

深い深い溜息《ためいき》をつき、自身が持っている傘にすがりながらわずかに前方によろめく。その弾みでドアがばたんと音を立てて閉まった。

「とりあえず入りますか？」

しかたなくそう言って、彼を招き入れた。

彼の吐き出す二酸化炭素がこれ以上玄関に溜《た》まるよりは、そのほうがいいと思ったので。

男はおずおずと、しかし確かな足取りで我が家に足を踏み入れた。

私に続いて廊下を通り、ダイニングテーブルの脇をすり抜け、奥にあるふたつの部屋の前に進み出る。

「中、確認してもよろしいですか」

「どうぞ」

向かって左側の部屋のドアをぐんと開いてやると、男はさかんに黒目を動かして室内を見回した。ベッドにドレッサー、クローゼット。コルクボードに留めつけられたままの写真やメモたち。窓にはやや少女趣味の花柄のカーテンがかかったままだ。

ほとんど変わっていないように見える部屋だけれど、パステルオレンジのスーツケースが置かれていたスペースがぽっかりと空いている。小さく切り取られた窓から、さあさあと雨の降る音が流れこんでくる。

「実果のにおいがする」

ドレッサーの鏡にそっと手を触れて男はつぶやいた。実果の化粧品がごちゃごちゃと残されてはいるものの、彼女が言うところの「一軍コスメ」はすっかり持ち出されているのが私にはわかる。今私たちの目に映っているのは、実果にとって二軍かそれ以下のコスメたちだ。取り残されたそれらがまるで自分やこの男そのもののような気がして、胃がぎゅっと痛くなった。

「今朝起きたら、『さようなら、ごめんなさい』ってひとことメッセージが届いてたんです。まったく意味がわからなくて。けど僕が確認するのを待ってたみたいなタイミングでブロックされて、電話しようとしたらもうつながらなくて。矢も楯《たて》もたまらずここに来ちゃいました。なのに、家にもいないだなんて」

男は視線を落とし、自分の爪先を見つめながらぼそぼそと語った。この男は対外的な一人称が「僕」であるらしいと、どうでもいい発見をする。

「実果、ほんとにいなくなったんでしょうか」

顔を上げてこちらを振り返った男は、往生際の悪いことを言う。

「朝起きたらもういませんでしたよ」

「……出勤したとかじゃなくて？　彼女、日曜出勤が多いでしょう」

「会社へ行くのに旅行用のスーツケース持っていかないでしょう」

「でも仕事は」

「辞めたんじゃないですか。わかんないけど」

「ええっ……そんな気軽に」

そうか、この男は実果の直近の職歴、アパレル会社で働く実果しか知らないのか。ふわっと退職してはさくっと再就職するのを繰り返す彼女を見てきた私は、今更驚かないけれど。

「いろいろと周到に準備してたんでしょうね」

「なんで……同居してて気づかないもんですか」

「私、仕事掛け持ちしてて。最近自営のほうの納期が近くて、ずっとパソコン作業しててそっちの部屋からほとんど出なかったんです。実果は実果で帰りが遅いことが多かったから、あんまり会話もしてなくて」

右側の部屋を指しながら説明するのを、男は黒縁眼鏡の奥の目を細めてじっと聞いていた。私は部屋着にしているパーカーのポケットからスマートフォンを取り出し、画面に彼女からのメッセージを表示させて彼の眼前にかざした。

『ごめんね。本当にごめんなさい。好きな人と一緒にしばらく遠くへ行きます。私なんかがここにいる資格ないから。もし彼が来たりしたら、ごめんなさいって代わりに伝えておいてくれるかな?』

フィリピン云々《うんぬん》と続く文章を、男は直接画面に指を触れてスクロールし、確かめた。礼儀正しいのか図々《ずうずう》しいのかよくわからない。

「好きな人……」

この世の終わりを見たような表情を浮かべる男を、私は無遠慮に眺めた。

初めて会うのにどこか見覚えがあるような気がすると思ったら、自分が今描いている漫画の登場人物に少し雰囲気が似ているのだった。ツーブロックの髪、広めの額にやや細い目、黒縁眼鏡。実果がしきりに語る恋人の特徴を無意識に取りこんでいたのだとすれば、当然のことと言える。

まだどこか諦めきれなそうにきょろきょろしている男をダイニングチェアに座らせ、コーヒーを置いた。実果が出て行ったにもかかわらずいつもの習慣でふたりぶんコーヒーを淹《い》れてしまったので、彼女が飲むはずだったぶんをそのまま注《そそ》いだのだ。彼女愛用のキャラクターもののマグカップを使おうか一瞬だけ迷って、無難に来客用のウェッジウッドのカップにした。

コーヒーを口に含んだ男はまた重めの溜息を吐き出したあと、ハノアキヒコといいます、と軽く頭を下げて名乗った。

「『ハ』は果物の枇杷《びわ》の『杷』の字、野原の『野』、『アキ』は哲学の『哲』、それに彦星の『彦』です」

宙《ちゅう》に指で文字を書くようにしながら、彼は表記を説明した。これまで何度も他人に説明してきたことが伝わるよどみない口調だった。

実果が「はーくん」と呼んでいた人間のフルネームを初めて知った。とはいえこの場かぎりの人間に対して自分が名乗る必要もことさら感じなかったけれど、桑高真波《くわたかまなみ》です、とつぶやくように伝えた。

ああ「まーちゃん」ですね、と杷野哲彦は笑顔をこしらえて言った。

「そうかあ、本当に『まーちゃん』と住んでたのかあ。ダミーの友達かと思ってた。実果って女友達少なそうだし」

「ダミーって」

失礼な。そう続けようとしてやめ、代わりに、

「ここへ来たことはないのに住所はご存じだったんですね」

と平坦な口調で返した。

「いや、エントランスまで送り届けたことは何度もあったから。入れてはもらえなかったけど」

「そうですか」

「ああ、それにしても『好きな人』だなんて」

杷野はぐしゃぐしゃと頭を掻《か》きむしった。悲愴《ひそう》感あふれる声でなんなんだ、なんなんだと繰り返している。初めて訪れた家で、人は頭を掻きむしるものだろうか。どうでもいいことに私は思考を割いてしまう。

ショートカットの私よりも彼は毛量が多そうだ。慌てて家を飛び出してきたのだろう、ツーブロックにカットされた髪の後頭部にぴょこんと寝癖がついている。身に着けたままのトレンチコートの襟《えり》元《もと》から、ワイシャツらしき白い襟がのぞいている。

「実果が出て行くの、これが初めてじゃないですよ」

男の頭頂部に向かって私は言った。

「えっ」

「二回目か……いや三回目かな。とびきり好きな人ができたらその人のところへ行っちゃうの。自分に恋人がいようといまいと」

わざと曖昧《あいまい》な言いかたをしたけれど、本当はきっちり覚えている。三回だ、実果が突発的家出をしたのは。そしてこれが四回目。

男はまた表情を凍りつかせた。ソーサーに置いたままのコーヒーカップを両手の指で包みこんでいる。まるでそこに感情を流しこむように。

「……でも、そのたびに戻ってきたわけですよね？」

「そうですね。最長で一か月半くらいかな。さすがに海外というのは初めてですが」

「う……」

「今回こそは本気かもしれませんね」

意地悪を言って楽しみたいのか、ただ現実を知って対処してほしいだけなのか、自分でも自分の気持ちの方向性がつかめない。こうして向かい合ってコーヒーを飲む相手がふわふわロングヘアの愛らしい実果から初対面の男に入れ替わっているという事実を、まだうまく消化しきれていないのだ。

「僕のどこがだめだったんでしょうか」

喉《のど》から押し出すような声でそう言って、男はようやくコーヒーをひと口飲んだ。

「あ、いや、自分が完璧だって言いたいわけじゃないですよ」

「あなたがだめとかじゃなくて、相手のことをより気に入ってしまったんでしょうね」

「そんな……だって僕たち」

カップから手を離し、杷野はテーブルの上で両手を握りしめた。そのこぶしが、小さく震えている。

「結婚しようって言ってたんですよ」

「はあ」

「今日は……一緒に僕の実家へ行くことになってたんです」

男は自嘲的《じちょうてき》に笑って、また肺の奥から取り出すような重い溜息をついた。

ああ、だからなんだかぴしっとした恰好《かっこう》なわけね。だから実果は今日、出て行ったわけね。いろんなことに合点がゆく。

実果がアパレルショップに勤め始めたのは、ちょうど去年の今頃だ。梅雨に備えて買った新しいレインシューズを下ろして初出勤していった姿を、はしゃいだ声とともによく覚えている。たしかそれから数か月、夏の盛りに恋人ができたとはにかんでいた。それがこの男なわけである。

「付き合って一年と経《た》たずに結婚の話をするものなんですね、普通の恋人たちは」

頭に浮かんだままをつぶやくと、杷野は眼鏡のブリッジを押し上げて物問いたげに私を見た。なんでもないです、と私はかぶりを振った。

「現実問題として」

杷野はまたコーヒーを口に運び、今度は一気にごくごくと飲んでから私と目を合わせた。

「彼女に出て行かれたら、あなたは生活に困るんじゃないですか」

「現実的ですね」

あまりにも率直な物言いに笑いを禁じ得ず、私はパーカーの袖でそっと口元を隠した。

「だって、家賃とか光熱費とか折半してたわけでしょう？　立ち入ったことを訊《き》くようですが」

「もちろんそうなんですけど」

んんっ、と喉を整えるふりをして私は笑いを逃がした。そうだ、笑っている場合ではない。

「ちょっとなら貯《たくわ》えがあるので当面は平気です。節約生活しながら実果の帰りを待ちます。あの子律儀《りちぎ》なところがあって、帰ってきたら不在にしたぶんの家賃をまとめて渡してきたりするものですから」

「……僕も一緒に待っちゃだめですか？」

「えっ」

「や、なんでもないです」

杷野はダイニングチェアをがたんといわせて立ち上がった。

「コーヒー、ご馳走様《ちそうさま》でした。おいしかったです」

漫画のように肩を落とし、杷野は玄関へと向かう。ドアを閉める音が部屋に響き渡ると、雨のにおいがさっきよりも濃くなったような気がした。

緑色の傘が雨の中だんだん小さくなってゆくのを、私はキッチンの小窓からぼんやりと眺めていた。


ぴん、ぽーん。

再びチャイムが鳴ったとき、私は半分夢の中にいた。

ああ、また机で寝ちゃったんだ。片頰《かたほほ》に硬いタブレットの感触を、片頰にカーテンの合わせ目から差し込む朝の光を感じ、薄く開いた瞼《まぶた》がまた鉛のように重くなる。

昨夜、というかつい数時間前、原稿を徹夜で仕上げて担当者に送り、そのままパソコンの上に伏せてまどろんでいた。

駆け出しの漫画家である私は、近隣のスーパーでのアルバイトと仕事を掛け持ちして生活している。いつか専業漫画家になりたくて、多少納期が短くても報酬が低くても依頼には応じるほかなく、ついつい無理をしてしまい体内リズムは乱れがちだ。現在取り組んでいる人気ｗｅｂ小説のコミカライズ作品は、自分にとって初めての連載だ。漫画サイトでの公開日が決まっているため〆切は動かせず、毎回半端ではないプレッシャーがのしかかる。

原稿にＯＫが出るのを待ちながら、すかさず次話のネームに取りかかる。原作の小説をもとに電子コミックサービスの担当者がプロットを書き、ｗｅｂ小説サイトの編集者を経て原作者のチェックを受ける。そこでいくつかの修正希望が出され、私のもとへ戻ってくる。その工程で費やされる時間の長さが、私の作業時間を左右する。

ネームも完成原稿も、同様の流れで原作者チェックを受ける。担当者ははっきりとは言わないが、原作者はかなり神経質であるらしい。「無理にではないそうですが、ここはもっと原作の台詞《せりふ》を反映してほしいそうです」「できればでいいみたいですが、ここは涙を流さずに悲しみを表現してほしいそうです」などなど、遠慮がちだが具体的な打診が毎回飛んでくる。

ぴん、ぽーん。

またチャイムが鳴った。

その音の響きかたで、もう実果ではないことがわかった。実果ならこんな意志のある鳴らしかたはしないし、無言で鍵を開けて入ってくるはずだから。

洗顔どころか風呂にさえ入っていない体で、よろよろと立ち上がった。歯磨きもせず寝てしまったので、口の中が粘ついている。頬にタブレットの跡がくっきりついていることが、触らなくてもわかる。

ぴん、ぽーん。

中国資本のサイトから個人輸入で買った安い部屋着のまま、インターフォンの取り付けられたダイニングまで歩く。目やにだらけの両目をこすってモニターを確認し、そして私はほとんど驚いていない自分に気づいた。

玄関のチェーンを外してドアを開くと、杷野哲彦はそこに立っていた。実果の愛用のものよりひと回り大きな黒いスーツケースの取っ手と、鮮やかな緑色の傘の柄を握りしめて。

「すみません。ご連絡先をお訊きし損ねてしまったもので、また突然来るかたちになってしまって」

前回の来訪からきっかり一週間が経っていた。歯切れよく話す男の背後に、ほぼ徹夜明けの身にはひどくまぶしい梅雨晴れの空が広がっている。視界を白く灼《や》かれて、私は目を細めた。

「いろいろ考えたんですが、やっぱり僕も一緒にここで実果を待たせてもらえませんか。極力ご迷惑はおかけしませんので」

どうかお願いします。そう言ってぺこりと下げた頭に、今日は寝癖はついていなかった。

「え、ええと」

「彼女が戻ってきたらもう、逃したくないんです。またどこかへ行ってしまう前につかまえて、ちゃんと話をしたいんです。電話もＬＩＮＥもブロックされてるから、こうするより他になくて」

切実な声が小さな玄関に響く。

「実果が不在にしている間、僕がこの部屋の家賃と光熱費を半分払います。食事なんかは自分でどうにかしますし、実果の部屋から極力出ないように過ごします。あなたへのご迷惑は最小限にします」

「はあ……」

それだとまあ、たしかに助かる。でも彼自身の仕事や生活は平気なのだろうか。心に浮かぶ疑問を読んだように、杷野は先取りして言った。

「僕のほうなら大丈夫なんです。ちょうど友人が都内に部屋を探してたんで、大家さんに話をつけていったん明け渡してきちゃいました。仕事は委託の動画制作なんで、基本的にパソコンとタブレットがあればできますし」

そのままだと永遠に話し続けそうな勢いだったので、とりあえずどうぞ、と結局男を招き入れる。化粧どころか顔も洗わずに他人を家に上げるなんて人生初めてかもしれないと、徐々にクリアになってゆく思考の隅で思った。

「あ、実果の部屋のコンセントとか見せてもらっていいですか?」

前回よりも雄弁な杷野は、前回よりも確かな足取りで奥の部屋へ進んでゆく。私への配慮なのだろう、スーツケースのキャスターを床で転がさず横抱きにしている。その背中をなんだか直視できなくて、私は目を逸《そ》らした。


どうしてすんなりと他人を受け入れたのか、自分でもよくわからなかった。

寝不足すぎて判断力を著しく欠いていたせいかもしれない。よくよく考えればいくら実果の恋人とはいえ、ほとんど何も知らない男を家に入れるなんてあまりにも不用心だ。

ただ、実果がこんなにも勝手をするなら、こちらも少しくらい好きにさせてもらおうという気持ちが多少なりともあったことは事実だと思う。事情が変わって帰ってきた実果がこの部屋で杷野と鉢合わせしたら、それはそれは気まずいはずだから。

そうだ、うんと困惑すればいいんだ、実果なんて。

実果と私は、何もかもが違った。生活リズムも、食の好みも、服やインテリアのセンスも。好んで観るテレビ番組も購読する雑誌も違う。共通点といえばコーヒーが好きなことくらいだろうか。同じコーヒーメーカーを使っているのに、実果が淹れるととりわけおいしく感じられた。

甘ったるい香水を纏《まと》い、レースや花模様のあしらわれたガーリーな衣類やキャラクターものの雑貨にときめく実果は、洋菓子店のショーケースに並ぶマカロンを思わせた。恋愛に関してはいわゆる肉食系女子で、狙った相手を逃さない猛禽《もうきん》のようなしたたかさを備えていた。分担している家事はいつもやり残しがあるし、人の話を聞きながらスマホをいじりだすし、万年ダイエッターを自称しながらチョコレートもスナック菓子も絶対にやめない。オンラインで買い物をすると、その購買行為だけで満足してしまうようで、開封すらせず部屋の隅に積み上げておいたりする。プライドが高く、自分の落ち度を指摘されるのが何より嫌いで、相手が呆《あき》れて言葉をなくすまで涙目で言い返してくる。

そんな彼女が結婚を考えるほど真剣に愛していたはずの男と今、私はなぜか暮らし始めている。

私と同様フリーランスの仕事を持つ杷野は、私とは違い、規則正しい生活リズムを刻んで生きているようだ。仕事の日も休みの日も区別なく朝七時には起床し、日付が変わる前に眠る。食事の時間が不規則な私とは、キッチンでかち合うことはほとんどない。動画制作の作業はヘッドホンを装着して進めているようで、たまに取引先と思われる相手と電話する声がぼそぼそと漏《も》れ聞こえる以外は極めて静かだった。

男性にしては入浴時間がやや長いような気がするが、使用後のバスタブは都度お湯を抜いて洗われている。洗剤の泡が飛び散ったままになっていたり髪の毛が一本二本残っていたりするものの、最低限きれいにしておこうという意志は感じられる。トイレやキッチンも同様なので、知り合いですらなかった男性と暮らしているわりには快適さは損なわれていないと思える。

彼が家を出ている間にちらりとのぞくと、部屋もきれいに使われていた。実果のドレッサーをうまく使ってノートパソコンを設置し、作業机にしている。床でケーブルが黒く細い蛇《へび》のようにとぐろを巻いている。

「机、なくて大丈夫ですか？　お仕事の」

めずらしく朝食の時間が重なり、ともにダイニングテーブルについた朝、思いきって声をかけてみた。

「え、机ですか？」

牛乳をかけたシリアルの皿にスプーンを沈めていた杷野は、顔を上げた。牛乳やミネラルウォーター、調味料などの消耗品は、遠慮なく共有することで話がついている。食器も最初の頃は彼が自分で持ちこんだアウトドア用のアルマイトのものを使っていたけれど、実果の趣味でうちには必要以上の食器があるので遠慮なく使ってほしい、むしろ使ってくれと強めの口調で言ったら同意した。期間限定とはいえ共に暮らしているのに、わざわざ不便な思いをする理由などない。

「ええ。ドレッサーなんかじゃ高さが合わないでしょう、椅子なんておもちゃみたいな大きさだし」

「ああ……実はそうなんです、ずっと座って作業してると体が痛くなって。まあｉＰａｄと使い分けてるんでそこまで限界というわけでもないですけど」

「買ったらどうですか？　駅の反対側にホームセンターありますよ」

杷野がわずかに頬を緩めたので、そう言われるのを待っていたことがわかった。でも、とためらってみせる。

「でも、いいんですか？　部屋を、その……カスタマイズしちゃって」

「こちらは構わないですよ」

「ありがたいです。ただ……なんだろう」

スプーンを持っていない左手で、彼はわしゃわしゃと後頭部を掻いた。

「あまりにも住みやすく整えちゃうと、なんだかその、実果が帰ってこなくなっちゃう気がして」

その気持ちはとてもよくわかる気がして、私は深くうなずきながらトーストに歯を立てた。

結局、迷いながらも杷野はシンプルな作業机と椅子をひとそろい購入した。デッドスペースを利用して配置されたそれらは実果のいた空間にしっくりとはなじまず、前の学校の制服を着た転校生みたいに浮いて見えた。

実果は今日も帰ってこない。


目を覚ましたとき、玄関のほうで人の気配がした。

――実果。

思わず飛び起きてばたばたと玄関へ走る。薄い茶系のトレンチコートが目に入った。膝から力が抜ける。

「あ、おはようございます」

最初にここへ来たときのようにトレンチコートを着こんだ杷野は、緑色の傘の柄を握りしめたままこちらを振り返った。玄関のドアノブに手をかけている。雨の気配が室内に入りこんでくる。

「ああ……おはよう……ございます」

実果かと思ったもので。そう言いかけてやめたけれど、この状況で察したことだろう。気持ちをのぞきこまれたようでどうにも気まずかった。

「……出かけるんですね」

「はい、クライアントとの打合《うちあわ》せで。帰りはたぶん……真波さんより早いはず」

杷野はわずかに語尾を濁す。行ってらっしゃいと言いかけた私も言葉を呑《の》みこんだ。なんだか夫婦のやりとりのようで、奇妙な気分になったから。

アルバイトは今日も忙しかった。指先からにんにくのにおいがする。今日はずっと「豚レバーとにんにくの芽の黒胡椒《くろこしょう》炒め」と「若鶏《わかどり》の山賊焼き」を作っていた。帰宅後はこの指でスタイラスペンを持ちタブレットに向かうのかと思うと、溜息が漏れる。

自宅から徒歩十数分の距離にあるスーパーの惣菜《そうざい》売り場で、私は週に三、四日、昼前から夕方にかけて働いている。

決められたメニューの惣菜をひたすら量産するアルバイトは、副業としてはかなり働きやすいほうではないかと思う。さほど高度なスキルの要《い》る調理はないし、陳列時間を過ぎて売れ残った惣菜をもらって帰ることができる。漫画の〆切に合わせて多少のシフト調整も利く。けれど、最近リーダーが変わって、少し働きづらくなった。

前年度までは、当日のシフトメンバーが入り時間の早い順に「調理」「パッキング」「陳列」のいずれかに割り当てられ、同日はひとつの業務に集中していればよかった。けれど、四月から配属された新しいリーダーの秋野《あきの》という女性は、惣菜の種類ごとにチーム編成をし、調理から陳列までをチーム内で完結させる。「さあ、どのチームがいちばん早く終わるかな⁉」などと露骨に競わせるようなことを言うのでげんなりしてしまう。

どう考えても他のチームの調理に手が出せないのは作業効率が悪すぎる。全体のスピードは目に見えて落ちているのに、リーダーは意地でも新方式を貫こうとする。本社から何か言われているのか、個人的なプライドなのか、よくわからない。

「改革したつもりなのかな。『やってる感』だけだよね」

「石橋《いしばし》さんのほうがよかったですよね」

口数は多くないが指示は的確だった以前のリーダーを懐かしみながら、狭いロッカールームでもそもそと着替える。もう四年近く働いているので、古い建物独特の埃《ほこり》くさいにおいにも、容量の少ないロッカーの使いかたにも、すっかり慣れた。

バイト仲間である主婦の三上《みかみ》さんとはロッカーが隣同士で、シフトもかぶることが多いため、自然とよく話す仲になった。二十九歳の私に、ひと回り年上の三上さんがテンションを合わせてくれているのがよくわかる。漫画を描いていることも、彼女にだけは伝えてあった。それでも、現在の我が家のややこしい状況については話しそびれたままだ。

もらって帰る売れ残り惣菜の入った袋をかささいわせながら従業員出口を出ると、篠突《しのつ》く雨が降っていた。目の前の車道を、車が派手に水を飛ばしながら走っている。出勤前は子どもがクレヨンで塗りつぶしたような青空が広がっていたのに。

「やられた」

「えっやだ、傘ないの?」

ピンクの傘を傘立てから引き抜きながら、三上さんが憐《あわ》れみの表情を浮かべる。

「天気予報見てなかったんで」

「置き傘しておけばいいのに。どうせまだまだ梅雨なんだから」

「前に置き傘してたら盗まれちゃって」

「そうなのね。貸してあげたいけどあたしもこれしかないし……しかもこれ、娘のなのよね」

ピンク地に白いハートを散らした傘は、実果なら好むかもしれないとちらりと思った。彼女が滞在している らしい常夏《とこなつ》の島では、スコールが来たらどんな傘を差すのだろうか。

「いいですいいです、どうせそんなラブリーな傘持てないですし私」

「桑高ちゃん、ボーイッシュだから似合わないものね」

力になれない理由を見つけたとばかりに三上さんはいくらか表情を緩め、風邪ひかないようにね、と申し訳なさそうに帰っていった。その丸い背中が雨の中に消えてゆくと、雨脚《あまあし》が一段と強まったような気がした。

「さて」

庇《ひさし》の下から灰色の空を見上げる。全力でダッシュしたとしても、マンションまで七分はかかる。まして この雨だからもっとかかるだろう。

客としてスーパーに戻れば、普通に傘を買えるだろうか。従業員が売り場を通って帰ることは禁じられているので外から正面入口へ回りこむしかないけれど、それによりずぶ濡れになるのは避けられない。そもそもこのスーパーって、傘、売ってたっけ。

あれこれ考えながら立ち尽くしていると、往来の向こうに見覚えのある鮮やかな緑色がぼんやりと見えた気がした。雨でけぶる視界の中、緑色は信号のある横断歩道を渡り、ゆらゆらと近づいてくる。

「ああやっぱり」

緑の傘を差し片手に私のビニール傘の柄を握った杷野は、初めて無防備な笑みを見せた。

「困ってると思って」

「困ってました」

子どものように素直な声が出た。

雨の中、傘を差して家まで並んで歩いた。道端のあちこちに紫陽花《あじさい》が咲いている。まるでそれ自体がひとつのブーケのような青や白や赤紫の花々が現れるたび、杷野がわずかにそちらに顔を向けているのがわかった。

スニーカーの底面から浸水して、足裏がぐちゅぐちゅと不快な音をたてる。それなのに、このままもう少し歩いていても平気かもしれないと思った。

杷野はキッチンを使いこむようになってきた。

フライパンや鍋などの調理器具を私より使っているし、調味料の類《たぐい》も明らかに減っている。私が勤めているのとは別のスーパーから食材をせっせと調達してくるので、冷蔵庫の中がだいぶ賑《にぎ》やかな状態だ。枯渇しがちな米ストッカーには米が満たされ、気づけば炊飯ジャーが蒸気を噴き出している。重くて運ぶのが憂鬱《ゆううつ》だった米袋を片手で事もなげに持ち帰ってきた姿を見て、やはりこの人は男性なのだと再認識する。

それにしても、料理が好きなら最初から言えばいいのにと思う。でも無駄な遠慮がなくなってきたのはよいことだし、自活力は大切だ。男だろうと女だろうと。

「モツ煮を作ったのですが、真波さんお好きですか」

キッチンから声をかけられた。終日部屋にこもっていた私が作業に目途《めど》をつけて部屋を出てくるのを待っていたかのようなタイミングだった。時計を見ると十九時を過ぎていて、昼にカロリーメイトを齧《かじ》ったきりの腹がぐうと鳴った。ありがたく誘いに応じる。

実果とおそろいで使っていた栗《くり》の木の器にモツ煮を盛りつけ、ダイニングテーブルに向かい合って座る。辛い味が好きなので、七味をどっさりふりかけて食べる。味付けはやや濃いめだがだしがほどよく効いていて、心地よく体に沁《し》みた。胃の腑《ふ》が温まってゆく。

「男ってどうしてモツ煮を作りたがるんだろ」

「おいしい」より先に、そんな感想を漏らしてしまった。実家の弟も、学生時代に付き合った男も、初めて私にふるまった手料理はなぜかモツ煮だった。

「さあ、酒に合うからじゃないですかね」

男って、などとつい主語を大きくしてしまったが、杷野は気にも留めていない様子で自分の料理を胃に収めてゆく。箸の使いかたがきれいで、やけに姿勢よく食べる男だ。

「あ、お酒お好きでした？　ウイスキーでよければありますけど」

「いや、僕は酒よりもコーヒー党です」

「そうですか。だったら食後に淹れましょうか」

「お気遣いなく。あなたのタイミングで淹れたときに余るようならいただくくらいでいいので」

間ができた。それぞれが箸を動かし、咀嚼《そしゃく》する音だけが聞こえる。弾力のあるモツはうまく嚙《か》みきれず、くちゃくちゃと品を欠く音が響く。テレビでもつけておけばよかったのかもしれない。そういえば、実果がいないとテレビを観る気にもならない自分に私は気がついている。最新のニュースも知らず、世間から孤立した離島で暮らしているような気さえしてくる。

「実果、どうしてますかね」

沈黙を埋めるためにつぶやいてみた。

杷野の箸を動かす手が止まった。その顔にみるみる悲しみが広がってゆくのを見て、話題にしなければよかったと後悔したが遅かった。淡々と生活する姿を見せられていたら忘れそうになるけれど、この人は失恋中なのだ。

「……帰ってくる気あるんですかね。もう半月ですよ」

箸を揃《そろ》えてぱちりと置いた杷野の喉から、絞り出すような声が漏れた。慌てて思考を回転させ、慰めの言葉を搔き集める。

「絶対帰ってきますよ。これまでだってちゃんと帰ってきて、何事もなかったように暮らしを再開したんですから。ましてや今回はあなたがいるんだし……」

「でも今頃他の男とやりまくってるわけですよね、南の島で」

突然会話が生々しくなり、私は噎《む》せそうになった。

「実果の体が別の男に触られてるってだけで俺、どうにかなっちゃいそうなのに」

あ、今、「俺」って言った。

「だって彼女、言ったんですよ？　はーくんと結婚したら毎日幸せだろうな、楽しいだろうな、温かい家庭を築けるんだろうなって。結婚式ではディズニーの曲流したいなって。その言葉を真正面から信じて疑いもしなかった僕がばかってことですかね？　親にも紹介する寸前だったのに」

あ、「僕」に戻った。

「ああちょっとだめだ、無理だ……すみません」

杷野はそのままテーブルに伏せてしまった。押し殺した嗚咽《おえつ》を聞きながら、南国のビーチで肌を灼き恋人と睦《むつ》み合う実果を想像した。自分の食器と鍋の残りを片づけて部屋に戻っても、杷野の泣く声が耳の中に貼りついている気がして落ち着かなかった。

翌朝起きると、キッチンからモツ煮の気配はすっかり消えていた。鍋の残りを詰めて冷蔵庫にしまっていたタッパーは、洗われて水切りかごに伏せられている。杷野は部屋から出てこず、顔を合わせるタイミングのないまま私はスーパーのバイトへ出かけた。

今日は茄子《なす》の炒め物とポテトサラダのチームに振り分けられていた。早番の人たちが既にほぼ仕上げている調理を仕上げから手伝い、パックに詰めて売り場に並べ、時間が過ぎたものに値引きシールを貼ってゆく。長引く不況にさらなる増税で、消費者には常に余裕がない。ハンディータイプのラベラーを持つ右手に買い物客の熱視線が集まりすぎて、少々やりづらい。「これにも貼って！」とまだ期限の時刻を迎えていないパックを手にした老婆に迫られて辟易《へきえき》するのも、いつものことだ。

「ポテサラチームだったら煮物チームを手伝えないとか、意味不明ですよね」

「絶対辞める人出てくるよね。っていうか、むしろ秋野さんは誰か辞めさせたいみたい。この間本部の人と電話で人件費削減の話してるの聞いちゃった」

「えー、そんなの困りますよね。みんな生活かかってるんだし。そこのところわかってるのかなあ」

「わかってないんじゃない？　机上《きじょう》の空論ばっかり振りかざしてるし」

例によってリーダーを罵りながら、三上さんと一緒に通用口を出る。今日は傘を忘れなかった。このところずっと雨なので、自転車にずいぶん乗っていないなあと思いながら、濡れて鏡のように光る路面を歩く。

不動産会社のキャラクターが描かれたプレート状の鍵を差しこみ、力をこめてOPENの向きにひねる。解錠には少々コツが要る。古いマンションなのでドアの建てつけが悪いのだ。女ふたりに貸してもらえる物件は少なく、不動産店をたずね回ってようやく見つけた部屋だった。

実果の鍵は、フィリピンのなんとか島まで運ばれてスーツケースの中で息を潜めているのだろうか。そんなことを考えながらドアを開くと、ふわりとした熱気に出迎えられた。梅雨のもたらす湿気とそれとは異なる種類の湿気が、玄関で交差する。

「あ、お、おかえりなさい」

玄関から延びる通路の向こう、キッチンにいたらしい杷野がぴょこんと顔を出し、ぎこちなく声をかけてきた。

「あ、ただいま……です」

同居人の恋人に出迎えられたときの返事のしかたなど、誰も教えてはくれなかった。あたりまえだ。ぎくしゃくと濡れたスニーカーを脱ぐ。昨夜の取り乱した杷野の姿が脳裏をよぎり、その顔を直視できないまま食卓に目を向ける。ダイニングテーブルにカセットコンロが置かれ、その上に見慣れない鍋が載《の》っている。とんがり帽子のような円錐形《えんすいけい》の嵩高《かさだか》い蓋《ふた》は透明のガラスで、その中で何かがくつくつと煮えていた。

「真波さん、タジン鍋ってお好きですか」

誰かの顔から剝《は》がして貼りつけたような笑みで、杷野は問いかけてくる。

「タジン鍋……なんか昔流行《はや》ったやつですよね」

実家を出る前、蒸し料理ブームに乗って母がはまっていたことを思いだす。セラミック製で中身の見えないタイプだったけれど、今目にしているものと形状も大きさもほとんど同じだった。ほんの一時だけ食卓を彩った鍋は、いつの間にかどこかへ押しやられて姿を見なくなり、記憶からも消滅しかかっていた。

「このあいだホームセンターに行ったときに目に入って、なんだか心惹《ひ》かれて買っちゃいました。カセットコンロはなぜかクローゼットの奥にあったのを発掘しちゃいました、すみません」

おたまを持ったままの杷野は翳《かげ》りのない笑みを見せる。気持ちの切り替えは早いほうであるらしい。そうでなければこんな状況、耐えられないだろう。

この人は、実果が戻ってきたらすべて許して結婚する気なのだろうか。なんとなく訊けずにいる疑問を胸の中で転がしながら洗面所へ行っている間に、ふたりぶんの小皿にポン酢が注がれていた。

「具材はシンプルに豚のばら肉と、玉ねぎとキャベツともやしです」

「いいですね……」

「無水鍋っていいですよね」

「ヘルシーですよね」

ヘルシーかどうかなどほとんど考えない食生活を送ってきたくせに、そんな言葉が口から出てくる。

けれどそのシンプルな鍋にそそられたのは本当だった。

耐熱ガラスの蓋の内側には、野菜から蒸発した水分が大粒の滴《しずく》となってびっしりと貼りついている。側面に開いた小さな穴から蒸気が細く噴き出し、コンロの青い火が鍋の底をちろちろと舐《な》める。水分が循環する小さな宇宙でくつくつと煮えてゆく異国の鍋料理は平和の象徴のようで、私はしばし自分の置かれている状況を忘れて見入った。

スーパーから持ち帰った惣菜の存在を思い出して腰を上げた。値引きシールの貼られたパック惣菜を真新しいタジン鍋と一緒に並べるのは気が引けて、器に移し替えて食卓に並べる。午前中に調理されて鮮度を失った鰹《かつお》のたたきやポテトサラダを、杷野は喜んでくれた。

そろそろかな。ほとんどひとりごとのように言って、杷野がコンロの火を消し鍋の蓋をとる。もわりと湯気が広がり、思わず「わあ」と無邪気な声をあげてしまう。

具材をめいめいトングで取り分け、ポン酢に浸しながら旺盛に食べた。

「なんかごめんなさい、本当に」

鍋（といっても円錐形の蓋を外されたそれはほとんどただの鉄の皿だ）の残りが三分の一ほどになった頃、杷野がぽつりと口にした。

「ええと……特に気にしていませんよ」

「居住空間に赤の他人の男が入りこんでくるなんて気持ち悪いでしょう、普通に考えて。ご迷惑をおかけしちゃって本当に申し訳ないです」

ああ、昨夜のことじゃないのか。

「いや特には……困ってないですし、何も」

下げられた頭を戻してほしくて、私は声に力をこめる。

厳密に言えば、部屋に下着を干したまま杷野を残して外出するときはやはり落ち着かないし、貴重品の管理など、緊張を完全に解《と》けないこともある。風呂上がりにあられもない恰好でくつろげないのも不自由だ。

でもそれ以外、取り立てて困っていることはない。ごみの日は私がまとめたごみ袋を集積所に捨てに行ってくれるし、洗濯物は自分で洗って管理しているようだ。共有スペースに置く私物は最小限にしてくれているし、よけいな音は立てずに部屋にこもっていることが多いから、邪魔だと感じたこともない。それに。

「杷野さんがいなければ私、実果のいない空白に押し潰《つぶ》されてしまってたかもしれません。基本、食事もいい加減なんで、こんなふうにきっちり御飯炊いて食べたりとかもそんなにしてなかったですし。むしろ助かってるというか」

それは本心だった。食事に対してそこまでのこだわりを持たない私は、多忙なときは空腹を満たせればなんでもいいというスタンスでこれまでやってきた。実果に出て行かれるたびに、部屋のごみ箱は菓子パンやスナックや簡易栄養食などの袋であふれ、顔はニキビだらけになる。でも今回は違う。この部屋も自分の体の内部も、彼のおかげで正しく機能しているような気がして、なんだか心強い。

杷野は頭を上げ、ようやく頬の強張《こわば》りを解いてほっとした顔になった。眼鏡のブリッジをぐいっと押し上げ、食事に戻る。

あ、その仕草、ちょっと描きとらせてほしいかも。そう思ったけれど黙っていた。
実果はやっぱり帰ってこない。

『他の作品と差をつけるには、もう少し戦略意識を高く持ったほうがよいかと存じます。
レビューに反論できる程度には画力を磨いて、見せ方をもっとこだわってゆきましょう。
弊社としましても先生のお力を最大限に引き出せるようお力添えいたします。
引き続きよろしくお願いいたします』

担当者はどんどん遠慮がなくなってきた。漫画サイトに書きこまれたレビューの言葉があまりにも辛辣《しんらつ》できついと愚痴をこぼしたら、返信メールに書かれていたのがそれだった。

最初の頃は、高価な食器でも扱うように丁寧に選び抜いた言葉だけを大切に届けてくれていたのに。だからこそ、商業経験が乏しくてもついてゆこうと思えたのに。

スーツを着こみ手土産《てみやげ》を持って最寄駅まで来てくれた、最初の打合せの日の彼を思いだす。浅黒い肌は妙につやつやしていて、レモン色のネクタイがまるで似合っていなかった。歳《とし》は私よりひと回りは上に見えた。私が以前SNSに上げたちょっとしたエッセイ漫画をいたく気に入ったとべた褒めし、言葉を尽くしてこちらのモチベーションを上げてくれた彼は今はもう、私の機嫌をとる必要はないのだ。餌をやらなくたって、大切に扱わなくたって、私は必死に走ってついてくるのだから。

そもそも画力が足りないというのなら、どうしてアマチュア同然の私にコミカライズ作品など任せたのだろう。原作者も同様にアマチュアのweb小説家だ。あえて無名の者同士を組ませることで生じる利益があるのだろうか。

そこまで思考をめぐらせると頭が痛くなってきて、水分補給でもしようと部屋を出る。今日はスーパーのバイトはなく、朝から漫画の制作にあてていた。起き抜けにトーストを齧りコーヒーで流しこんだあと、仕事部屋にこもったきり何も口にしていなかったけれど、もう十四時だ。喉だけでなく感性まで干上がったみじめな生き物になったように思えてきた。

キッチンのシンクに手を突っこむようにして杷野がひとり、何か作業をしている。無言のまま近づくと、彼がコンロの五徳《ごとく》を外してスポンジで磨いているのがわかった。傍《かたわ》らに見覚えのないクレンザーのボトルが立っている。しゃかしゃかしゃかしゃか、泡立つスポンジが金属と擦れる小さな音がする。

「あ、すみません勝手に」

こちらに気づいた彼が先に声を出した。

「いえ……掃除してくださってるんですか?」

「はい、ほらあの、僕が台所使うようになったせいでずいぶん汚しちゃってる気がして。ついでにこの辺も」

見れば、キッチンの壁もレンジフードも水道回りもコンロもぴかぴかだ。感謝と嬉《うれ》しさと、ちょっとした気まずさが湧きあがる。水切りかごに伏せてある食器を見ると、昼はひとりで何か作って食べたようだ。クレンザーのにおいに混じって、かすかな醬油《しょうゆ》のにおいが空気中に漂っている。

「なんか、ありがとうございます」

簡素な礼を述べながら、スポンジを握る彼の手に視線が吸い寄せられていた。筋の浮いた手の甲は、赤ちゃんみたいにもちもちした実果のそれとはまったく別の生き物のパーツに見えた。

——男キャラにリアリティーがない。作者、男を知らないんじゃね？　いろんな意味でw

——なんかパースが狂ってて惜しいよね、男性の体のラインとか微妙すぎて。

作品に付けられたレビューの数々が蘇《よみがえ》る。忘れたくても、瞼の裏に直接書きこまれたかのように居座っている言葉たち。

「あの」

キッチンへ来た目的も忘れて声をかけた。

「はい」

「ちょっとだけモデルになってもらうことはできますか？」

へ、と唇を半開きにした杷野をそのままにして部屋に引き返す。スケッチブックと6Bの鉛筆をつかんでキッチンに戻ると、杷野は泡立つスポンジをつかんだまま微妙な表情で突っ立っていた。

「えっと、僕をですか？」

「はい。あ、そのまま、そのままでいいんで」

何かポージングしようと脚をクロスした彼を身振りで制し、元の作業を続けてもらう。

スケッチブックを開き、洗い物をする男の姿を写しとってゆく。今取り組んでいる次話のネームに、黒縁眼鏡のキャラクターが洗車するシーンがある。それに活かせると思った。

男性にしては小柄なほうだと思っていた。けれどコットン素材のチェック柄のシャツを着た杷野の肩幅は、描きとってみると思ったより広く、胸も厚い。薄い脂肪の層をつけた首は太く、喉ぼとけが皮膚を突き上げている。上腕の盛り上がった筋肉が手先の作業に合わせて動く。背中は意外な厚みを持ち、肩に向かってなだらかなカーブを描いている。耳はなんとなく思いこんでいたよりも高い位置にあり、鼻梁《びりょう》のラインはわずかに歪《ゆが》んでいる。

これまで、キャラクターに描き慣れないポーズをさせたいときは実果にモデルになってもらって写真を撮り、それをトレースしたりしていた。でも、女性と男性とではやはり体が全然違う。家でも職場でも自分が男性を観察する機会があまりに少ないことを、杷野の登場によって突きつけられた思いだった。少し意識するだけでも、男性キャラのリアリティーは変わってきそうだ。今さら作画を変えるわけにはいかないけれど、少しずつでも反映してゆくしかない。

レビューの言葉が必要以上に攻撃的だとしても、初心を忘れ、技術を磨くのを怠り、拙《つたな》いまま突っ走っていたのは事実かもしれない。プロを目指してイラストを本格的に勉強し始めた頃は、腕の深層のつながりだの、太ももの筋膜の区画だの、人体の構造について熱心に調べていた。あの頃の熱い気持ちと焦燥感が指先から蘇ってきて、私は夢中で手を動かした。

「……なんか、照れるっすね」

杷野はスポンジを持ったままの右手で鼻の頭を掻いた。洗剤の白い泡が鼻の頭にちょこんと残っている。それもすばやく紙の上に描きとった。

杷野が蛇口をひねって細く水を出す。一歩近づき、洗剤を洗い流すため五徳を撫《な》でる手の動きも仔《し》細《さい》に観察する。体の奥にあるスイッチが押されたようにエネルギーが迸《ほとばし》り、スケッチする手が止まらない。異性としての肉体を持つ目の前の杷野のことが、強く強く意識される。

スケッチブックを五、六ページほど消費しただろうか。ぴかぴかになった五徳がキッチンペーパーで拭われ、再びコンロにセットされても、私はまだ杷野の全身にぎらぎらと視線を走らせていた。

タオルで手を拭った杷野がこちらを見て、口元だけで小さく笑い、遠慮がちに唇を開く。

「僕、今日は特別急ぎの用事とかないので……別のポーズとか、要ります？」

「要ります」

前のめりに返事をすると、たはっ、と乾いた笑い声を立てた杷野は隣のリビングに移動した。壁の直角部分にぴったり沿わせるかたちで、L字型のローソファーが置いてある。実果がセレクトしたピンクの合皮のソファーは、座面の一部がぼろぼろに擦り切れている。

「立ったまま描くのつらくないですか？」

ソファーに座るのかと思いきや、手ぶりで私を座らせようとする。

「いやいや、杷野さんが座ってください」

「いえ、僕はご希望通りの体勢をとりますよ。仰せのままに」

その言葉に、はっとした。この人は、実果の恋人なのだ。実果を抱きしめて、脱がせて、触れて——さまざまな「体勢」をとって愛し合っていた人間なのだ。

「そしたらあの、写真だけ撮らせてください」

なにが「そしたら」なのか自分でもわからないが、そんなことを口走りながら、今度はスマホをとりに部屋へ戻る。指の末端にまで熱が行き渡り、風邪を引いたときのように全身が熱い。

杷野は指示通りに動いてくれた。腕を組んだり、寝転んだり、両腕を上げて伸びをしたり。作画を予定しているポーズや使いまわしの利きそうなポーズを次々にとってもらっては、カメラアプリで撮り収めてゆく。黒縁眼鏡のブリッジを指で押し上げる仕草をリクエストすると、杷野はくすぐったそうな顔をしたあと、過剰にシリアスな表情を作って私を笑わせながら応じてくれた。

カメラロールがたくさんの杷野で埋まってゆく。トレースしたら、実果が帰ってくるまでに消去しておかなければならない写真たち。

「ありがとう。もう大丈夫です」

「またいつでも言ってください」

「ええ」

スケッチブックと6B鉛筆とスマホを握りしめて、足早に仕事部屋へ向かう。早く、早く、描かなければ。指先に宿った熱が逃げないうちに。


瞼にあたるかすかな光で目が覚めた。

またパソコンの前で寝てしまった。そうだ、昨夜はあの勢いのままネームを仕上げて送ったのだった。送信ボタンを押した直後から記憶がない。

よだれでべたつく顔を上げ、手元のマウスを動かすと、開きっぱなしだったメールボックスがモニターに映しだされている。新しいメールが一通届いていた。担当者からだ。

『第11話のネーム拝受しました。迅速に仕上げてくださりありがとうございます。

いつもの流れでお戻ししますので今しばらくお待ちください。

ペン入れ前ですが、キャラクターがいきいきと描かれていてよかったです。

個人的に、洗車シーンで鼻の頭にちょこんと洗剤の泡がついているカットが好きでした！』

寝起きの姿のままで部屋を出る。杷野が洗面所の鏡の前に立っていた。ワイシャツにファッションネクタイ、黒いスラックス。その後頭部に、ぴょこんと寝癖がついている。

「おはようございます。徹夜で原稿ですか？　漫画家さんは大変ですね」

「モデルしてくださったおかげで助かりました……あ、あの」

「はい」

「後ろ、寝癖ついてますよ」

「えっ」

自分の後頭部に手をやりながら指摘すると、杷野も同じ仕草をしながら頭を回して鏡に映そうとした。

「うわ、やばい」

「ちょっと待ってて」

私は鏡の脇に置いてあるヘアスプレーを手にした。

「ちょっといいですか？」

仕草で杷野に後頭部を向けさせ、寝癖部分にスプレーを噴霧《ふんむ》する。しっとり湿らせた毛束を指でつまみ、軽く引っ張るようにして撫でつけると、跳ねていた髪はいくらか下を向いた。杷野はおとなしくされるがままになっている。

「……少しはましになったと思います」

彼の頭から手を離したとき、杷野が微妙な表情になっていることに気がついた。その耳たぶがうっすらと赤く染まっている。

「あ、どうも……」

「なっなんかすみません、いきなり」

「いえ助かりました、大事な打合せなもんで。ああいけない、電車が」

杷野はばたばたと玄関へ向かい、鞄《かばん》を引っつかんで出て行った。ドアの閉められる音の響きが消えたあとも、奇妙な空気と硬質な髪の手触りが残されていた。

「桑高さん、ちょっといいかな」

業務を終えてタイムカードを押し、退勤準備のために移動しようとしているときだった。リーダーの秋野さんに呼び止められた。

「え、あはい」

秋野さんのつむじを見下ろしながら移動し、厨房《ちゅうぼう》とロッカールームをつなぐ中途半端なスペースに向かい合って立つ。一対一で話すのは初めてだった。白い衛生帽子を脱ぎながら「お疲れ様でーす」と声をかけ合ってロッカールームへと流れてゆくスタッフたちが、ちらちらと視線を投げかけてくる。その中には三上さんもいて、気まずそうにこちらを見て足早に行ってしまった。

秋野さんは両手を体の前で組み合わせ、視線を斜め下に流して立っている。私より十五センチは背が低いのに威圧感があって、なんだか自分が教師に立たされている小学生のように思えてくる。

「えっと、なんでしょう」

なかなか話が始まらないので、急《せ》かすような恰好になった。給料の発生しない時間は、私のプライベートな時間だ。正直、一分だって奪われたくない。

「桑高さんさ、今のあたしのやりかたに不満があるんだって?」

驚いた。いい話ではないだろうと察してはいたものの、予想の斜め上だった。

「今のやりかたは効率が悪くて、石橋さんの頃のほうがよかったって?」

不満があるのは事実だけれど、現場はみんな同じ気持ちのはずだ。なぜ私の言葉だけが本人に届いてしまうのか。三上さんとしか愚痴を言い合っていないのに。胸がざわざわと音を立てる。何か言いたいのに喉からはかさついた息しか出てこず、沈黙が肯定を意味するかたちになってしまった。秋野さんは深々と溜息をつき、眉の角度を変えて表情を和らげてみせた。

「意見があるなら直接言ってほしいのよ。スタッフ同士の会話ってどうしても伝わってきちゃうものだからさ。そういうの、新人じゃないからわかるよね？」

「……はあ」

溜息をつきたいのはこちらなのに、秋野さんはふう、とまたひとつ大きな息を吐き出す。

「っていうかさ、桑高さんって漫画家なんだって？」

今度こそ言葉を失った。

「なんかwebで連載持ってるんだって？　すごいじゃないの、ねえ」

「あ……いや……」

「もちろんアルバイトさんだから副業は自由だけどさ、もしそっちで潤っててこっちは疎《おろそ》かにしてもいいやとか思ってるならさ、言ってくれていいんだからね」

——むしろ秋野さんは誰か辞めさせたいみたい。この間本部の人と電話で人件費削減の話してるの聞いちゃった。

三上さんの言葉が頭の中を駆け抜けてゆく。漫画のことも、私は彼女にしか話していない。

「ほら、うち、経営状況いいとは言えないからさ。こんな話あたしから言うのはアレだけど、退職者は歓迎なのよね」

もしかして、もしかして。

「ここのアルバイトさんやパートさん、生活がかつかつな人が多いみたいなのよ。ほら、お子さんいる人も結構多いでしょ？　だからもし保険かけるみたいな感覚でやってるのなら、人事に相談させてもらうかもしれない」

もしかして――。鈍い痛みが全身に広がってゆく。どうしてこうなってしまったのだろう。

心を落ち着かせようと思ったら、古くて湿気の多い自分の部屋が脳裏に浮かんだ。実果のにおいの残るベッドにひとり腰かけている杷野の姿が見えた気がして、さっきとは別の種類の疼痛《とうつう》が胸を走った。


わぁっ、という低い声で、自分が杷野を驚かせたのがわかった。彼の開いたドアからリビングに光が投げかけられ、闇の濃度が一気に薄くなった。

「いたんですね。電気くらいつけたらどうですか」

「ああ……そうですね。すみません」

テーブルに肘《ひじ》をついたまま、暗がりの中でずいぶん長いことぼんやりしていたようだ。ネームからペン入れに移ったものの手が動かず、ちょっとコーヒーを飲みに来ただけのつもりだったのに。窓の外ではさあさあと雨が降り続き、壁時計は日付が変わろうとしているのを報《しら》せている。

「コーヒー、一杯ぶんくらい残ってますけど飲みますか」

取り繕《つくろ》うように声をかけながら腰を浮かせた。

「いただきます。あ、自分でやりますんで」

杷野は立ち上がりかけた私を制するように右手を広げて突き出してみせると、リビングを通ってキッチンへ向かった。ぱちんと照明がつけられて部屋が明るくなり、一瞬裸でもさらしたような気分になる。杷野は見慣れないブルー系の部屋着を着ていた。

実果が出て行ってから――すなわち杷野がやってきてから、ひと月が経っていた。今年の梅雨はとりわけ長いらしく、七月の半ばに差しかかろうとしているにもかかわらず、まったく明ける気配がない。

ミッドセンチュリー風でかわいい！　と実果が雑貨屋だかどこだかから衝動買いしてきたクリーム色のコーヒーメーカーは、場所を取るうえに手入れがめちゃくちゃ面倒な代物だった。けれどハンドドリップよりはやはり手軽だし、そこそこ間違いなくおいしいコーヒーが入るため、結局重宝している。

「なんだか実果みたい」

思考がそのまま口から漏れた。

「え、なにが」

シンクに寄りかかってコーヒーを啜《すす》る杷野が律儀に返事をしたので、そのコーヒーメーカー、と彼の背後を指す。シンクの脇のサイドテーブルに設置してあるのだ。

「かわいいけど、手入れが大変で手がかかるの。でも、ないと困る。そういうところが」

「ほんと実果みたいですね」

杷野も同調した。

沈黙が落ちる。「ドライ」モードに設定してある空調がうなりを強くする。私のマグカップの中のコーヒーはすっかり冷めていて、でも温め直すほどの気力もなかった。

「コーヒーの囚人の話、知ってますか」

キッチンの窓を背にした杷野は、雨を降らせる夜空を丸ごと背負っているように見える。

「……え?」

「昔の話です。十八世紀だったかな。スウェーデンの国王が、コーヒーは体に悪いに違いないと思いこんで、囚人を使ってそれを証明しようとしたっていう話」

「え、待って」

聞いたことがあるような気もないような気もして、手元のスマホをつかむ。Google の検索窓に「コーヒー」「囚人」と打ちこんでいると、検索結果が出る前に杷野の声が聞こえてくる。

「ああ、グスタフ三世だ。うん、やっぱり十八世紀だ」

彼も手元で検索したらしく、かいつまんで概要を話してくれる。

時のスウェーデン国王グスタフ三世は、民衆が血道を上げるコーヒーの輸入に抑圧的だった。コーヒーが体に有害であることを実証するべく、囚人を使って科学的な実験を行うことを命じた。

被験者として選ばれたのは一卵性双生児の男性で、それぞれ犯罪を犯し死刑判決を言い渡されていた。終身刑に減刑される代わりに、双子のひとりはポット三杯のコーヒーを、もうひとりはポット三杯の紅茶を、死ぬまで毎日飲み続けることになった。

「——なんか、囚人の受ける刑としてはこれ以上ないくらい楽……ですよね」

「ええ。そしてあたりまえだけど、結局コーヒーが健康に有害だってことを証明するのには失敗したんですよね。グスタフ三世は実験の結果を見届けることなく暗殺されちゃったし、そのあと紅茶のほうは八十三歳まで長生きして、コーヒーのほうはそれ以上生きたから」

「あはは。さもありなんって感じ」

「なんだかここに来てから、やたらその話を思いだしちゃうんですよ」

杷野の声がわずかにかすれる。距離があるのでその表情はわからない。

「牢屋《ろうや》から出ることも死ぬことも許されないで、むしろ長寿の薬かもしれないものを飲まされ続けて、他の飲み物の味の記憶はどんどん薄れていって。体は元気なのに心だけが病んでいく」

さあささあと雨の降る音が部屋を包んでいる。杷野とふたり、南国のスコールに降りこめられているような気がしてくる。

「幸せな囚人ですよ、僕は。でも、いつまで続くんだろう。そろそろ心が壊れてしまいそうだ」

「杷野さん」

思わず呼びかけていた。

「だったら、私もその双子の囚人の片割れです。失恋中なんです、私も」

うつむいていた男が顔を上げた。

「え、真波さんも……」

「実果に出て行かれたから。正確には、実果があなたと結婚するって言いだしたときから」

顔を直視しなければ、言える気がした。

「恋人同士なんです、私たち」

「ああ、やっぱり。そんな気はしてたんですよ」

かすかに壁に反響しながら返ってきた声は落ち着いていた。

「だってこの家、ベッドがひとつしかないから」

瞬間、顔に血が集まったのがわかった。

気づいていたなら、言ってくれればよかったのに。自分だけが傷ついたみたいにふるまうなんて卑《ひ》怯《きょう》だ。ずるい。ずるい。

「あの……、ごめんなさい」

謝る声を背中で聞きながら部屋に駆けこんだ。勢いよくドアを閉め、自分のにおいのしみついたタオルケットをかぶって床にうずくまる。

囚人は、この私だ。あの日からコーヒーしか飲めない。この部屋からも出られない。

もう二度と目が覚めなければいいのにと思った。


可及的速《かきゅうてきすみ》やかに辞めさせてください。

そう伝えると、秋野さんは気まずそうな、それでいて安心したような顔で「あなたがそれでいいなら」と言った。感情を隠すのが下手《へた》な人なのだなと、あらためて気づく。

ちょうど来月のシフト提出のタイミングだったので、用紙のすべてのマスの上から大きく斜線を引き、所定のレターボックスに入れる。七月の残りの日々を働くのすら憂鬱だけれど、さすがに突然人員を減らして現場に迷惑をかけるわけにはいかない。それとも、やる気のないバイトは一日でも早く消えたほうが本部には喜ばれるのだろうか。

もやもや考えながら中途半端に調理を手伝い、惣菜パックを売り場に並べ、時間が過ぎたものに値引きシールを貼ってゆく。いつもの老婆が来ないなと思っていると、突然耳元でささやかれた。

「あの人、亡くなったらしいよ」

三上さんが立っていた。おそろいの白いスモックを着て、白い衛生帽子に髪の毛を押しこみ、不思議な表情を浮かべている。今日は別の惣菜のチームなので、バックヤードでも会話をしていなかった。

「ほら、毎日来るあのおばあちゃんいたでしょ。時間前なのに値引きしろって迫ってくる人。あの人、赤十字病院で一緒になってね」

カートに並んだ青椒肉絲《チンジャオロースー》を手際よく並べながら三上さんは喋《しゃべ》り続ける。訊いてもいない情報を、壊れたラジオのように垂れ流す。

私に言わなきゃいけないことがあるんじゃないですか。胸の中で言葉を得た感情が大きく膨らむ。青椒肉絲にも、私の並べた鰆《さわら》の西京焼《さいきょうや》きにも、買い物客の手がどんどん伸びてくる。

「ほんと、人生ってわからないよねえ」

喋り続けている三上さんを残してバックヤードに戻り、そのままロッカールームへ向かった。退勤までまだ時間があるのに、誰も追いかけてこなかった。

いなくなるのって意外に簡単なんだね、実果。

もう二度と来なくてもいいようにロッカーの私物を鞄にすべて突っこんでいると、説明のつかない笑いが口元からこぼれた。

帰宅すると、覚えのある香りが漂っていた。キッチンをのぞきこまなくてもわかる。タジン鍋だ。

「おかえりなさい」

硬い声に出迎えられた。

「ただいまです」

例によって微妙な挨拶を返しながら、目を合わせないようにして洗面所へ向かう。

黙々と食事を進めた。シンプルな無水鍋が、冷たい雨の中歩いてきた体を内側から温めてゆく。私から実果を奪い、さらに他の相手に実果を奪われた男が作ったタジン鍋。

「ごめんなさい、昨夜は」

鍋の中身が空《から》になったところで箸を置き、頭を下げた。

「こちらこそ」

杷野も同様に頭《こうべ》を垂れた。私よりも豊かな髪の毛がふわりと揺れる。

「失礼なことをサラッと言ってしまって本当に申し訳ありませんでした。すごくデリケートな話なのに」

ほんとだよ。最初からほんとに失礼だったよ。心の中だけでつぶやく。

「実果にその……あなたという本命が先にいたことが悔しかったもので」

「ごめんなさい、うまく説明できる自信がなくて」

実果は多情な女だった。相手が男でも女でも構わず恋に落ちる。

でも、ここで共に暮らし始めた四年前からは、少なくとも私を超える相手は現れなかった。好きな人ができてその腕に飛びこんでも、すぐに飽きたり飽きられたりして、悪びれもせず私の元へ戻ってくる。それでよかったのだ。あたし結婚するかも、と初めて打ち明けられたときまでは。

「——でも、まさかそんなに大切なあなたのことまで置いて行っちゃうとはね」

「四角関係なんて、さすがに初めてですよ」

情けない笑みを漏らし合う。不思議な空気が生まれた。ゆるやかな連帯意識。そして、それだけじゃない何かが輪郭を持とうとしている。

「あのね、もうひとつ言っていなかったことがあるの」

もう、胸の中を空っぽにしてしまおう。全部取り出して、見せてしまおう。気づけば皮膚の内側まで根をはりめぐらしている気持ちを。

「私も実果と同じで、女性しか愛せないというわけじゃないの」

黒縁眼鏡のレンズの奥に揺れる瞳をまっすぐに見つめて、言葉を解き放った。

杷野もまっすぐに見つめ返してきた。

食卓の上の私の手に、そっと手が伸びてきた。

「……俺」

顎《あご》を引き、苦しげな声で杷野はつぶやいた。テーブルの天板に視線を落として唇を震わせ、小さく頭を揺らす。

「いや、僕は……僕も、いっそのこと」

手は宙でためらったあと、静かに引っこめられた。

「でも……」

ああ、それだけで充分だ。その先は、聞かなくたってわかる。

「わかってますよ」

とびきり穏やかな声を出せたと思う。本当に安らかな気持ちだった。

こんな気持ちを知ることができて、よかった。

彼が出て行ったのと彼女が帰ってきたのは、ほとんど同時と言ってよかった。

ただ、彼のほうが、わずかに早かった。

彼女のほうが一歩遅かったと言っても、もちろん差し支えない。


まるで実果がこのエリアの梅雨を巻き取ったかのように、あれほど続いていた雨は彼女が帰ってくると同時にやんだ。久しぶりにつけられたテレビで、「気象庁は関東地方が梅雨明けしたと見られると発表しました」とお天気キャスターがにこやかに伝えている。

「ごめんねえ、本当にごめんねまーちゃん」

パステルオレンジのスーツケースと一緒に玄関に飛びこんできた実果が、私の首に腕を巻きつけ、潰れそうなほど抱きしめてくる。あれほど美白にこだわっていたのにこんがりと日焼けした実果の甘ったるい香水が鼻腔《びくう》を満たし、脳の中の硬い芯のようなものがゆるゆると溶《と》けてゆく。

「運命の相手じゃないみたいってお互いに気づいちゃって。やっぱりあたしの居場所はここしかないんだよ。もう二度とひとりにしないから。誰とも結婚なんてしないから」

陳腐《ちんぷ》な言葉を早口で羅列しながら、実果は私を押し倒そうとする。昨夜まで杷野が寝ていたベッドのスプリングが軋《きし》む。うがいくらいしなさいよと笑いながら押し戻した。

「あれ？　こんな机、買ったんだ」

「ああ、うん」

たったひと晩で部屋の隅々から自分の気配を消し去った彼だけれど、さすがに机と椅子は運び出せなかったようだ。

そして、もうひとつ。

シンクの下の扉の奥に押しこむようにして、きちんと洗って磨かれたタジン鍋が残されていた。耐熱ガラスの蓋の中に、白いメモ用紙が入っている。

『苦しいけれど楽しい囚人の日々でした。ありがとうございました』

ボールペンで書きつけられた几帳面《きちょうめん》な文字を、キッチンにしゃがみこんだまま私はいつまでも見つめていた。

「まーちゃん、具合でも悪い？　コーヒー、あたしが淹れようか？」

「ううん、なんでもない」

メモを折り畳んでタジン鍋の中に戻す。

「本当になんでもないから」

シンクの下の暗がりの奥深くにタジン鍋を押しこみ、私は背骨をひとつひとつ積み上げるようにして立ち上がった。

隣のシーツは白い

毎朝の出勤ルートを、小夜子《さよこ》は先月から一部変更した。

年季の入ったみかん色の自転車で二十分、めちゃくちゃ飛ばせば十五分ほどで到着する会社への道程を、わざわざ三十分近くかけるようになった。隣町にある、木戸《きど》の住むファミリー向けマンションの前を経由するためだ。

今年の春から課長になったばかりの木戸はいつもオフィスでいちばん早く出社するため、始業ぎりぎりに出社する小夜子と出くわすことはない。

３０６号室。その部屋のベランダを、小夜子は食い入るように見つめる。

いかにも漂白剤入り洗剤で洗いました！　というような真っ白に輝くシーツがそこにはためいていれば、それは前夜に夫婦の営みが行われたことを意味するのだ。

自転車にまたがったままそれを確認してから、小さく息を吐き、小夜子は再びペダルを踏みこむ。

それが彼女の新しい日課だった。


小夜子が木戸と初めて関係を持ったのは今から半年ほど前、今年四月に会社で行われた花見の夜だった。

事業所の敷地内にあるちょっとした庭の桜の木を取り囲むように青いビニールシートを広げ、封筒に入れた経費を持たせて新人に買いに行かせた酒や惣菜《そうざい》、つまみや菓子を並べて夜桜見物をする。毎年恒例の行事らしいが、中途採用で去年の秋に配属になったばかりの小夜子は初めての参加だった。

企業としてはそこそこ世間に名の知れた中堅の雑貨メーカーとは言え、アルバイトを合わせても二十名に満たない事業所でロマンスが生まれることなどないと考えるほうが自然だった。仮にあったとしても、自分のような人間には無縁だと。

ごつごつした木の根であちこちが隆起した地面の上に敷かれたシート、仲のいい相手もいない集団、特に好きでもない酒。なんのメリットも感じられないまま、小夜子は紙コップの酒に口をつけた。その水面に舞い落ちてきた桜の花びらを風流だと感じる余裕もなかった。まだ肌寒い春の夜風が首筋を通り抜け、カーディガンの前身頃《まえみごろ》を何度もかき合わせた。

つきあい程度に呑《の》んで早めに帰るつもりが、途中から隣に座ってきた中間管理職の男にやたらと日本酒を注《つ》がれ、マシンガンのように話しかけられるせいで腰を上げにくくなった。それが木戸だった。

結局、思わぬ深酒となった。雲間に浮かぶ月の輪郭がぼやけて見えた。足元をふらつかせながら通りに向かって手を挙げタクシーを拾おうとしていると、背中から声をかけられた。

「衛藤《えとう》さんち、たしか同じ方向でしょ。相乗りしようよ、俺が払うからさ」

あらかじめ練習したかのような、いやに滑《なめ》らかな台詞《せりふ》だった。小夜子の返事も聞かずに木戸は一緒にタクシーに乗りこんできて、有無を言わさずラブホテルのある界隈《かいわい》の通りの名を運転手に告げた。

だまされた。こんなの、典型的なセクハラだ。ただのおじさんじゃないか、木戸なんて。

困惑し憤りながらも最終的に木戸に身を任せたのはなぜだろう。思い返すたび、小夜子は自分のことがよくわからなくなる。男女の始まりに明確な理由や動機など要《い》らないはずだとは思いつつ、元来のきまじめさから自己分析してしまう。酔って判断力が欠如していたから。彼のことが特別嫌いじゃなかったから。タクシーの後部座席で重ねられた手が、女性にしては大きな自分の手よりひと回り大きく、うっかり包容力を感じてしまったから。

そして、小夜子が処女だったから。最後はどうしても、そこに落ち着いてしまう。

今年の冬で二十九歳になる小夜子には、それまで男性との交際経験がなかった。口の悪い人間からは「高齢処女」などと揶揄《やゆ》される対象であるらしい。

魅力の少ない容姿かもしれない。太ってても痩せてもいないが、全体的に凹凸《おうとつ》の少ない体。顔は常にむくみがちで、たびたび二重顎《にじゆうあご》になる。流行《はや》りの服を身に着けてもどことなく垢抜《あかぬ》けず、野暮《やぼ》ったく見える。けれどそんな外見よりも、問題なのは中身だった。

きょうだいのいない小夜子は、幼い頃から箱入り娘として育てられてきた。書籍、雑誌、テレビ、映画、インターネット。情報の取捨選択はすべて、母親が行《おこな》った。「この世にはね、有害なもののほうが多いのよ。お母さんの選んだものだけ見てれば安心だから」ね？　頬《ほほ》を包んでそう言われるたび、小夜子は自分に選択権がないことを悟った。何かが違う。かすかなざらつきを胸に感じながらも、抵抗心は早々に手放していた。母の眉がひそめられるのを見たくなかったから。

両親はなぜ、娘の性的成熟をあれほどにまで怖《おそ》れていたのだろうか。小夜子は性に関するコンテンツのいっさいを遠ざけられ、純真無垢《むく》のまま成人した。学校で受けた性教育の授業と、たまにコンビニでこそこそと立ち読みする成人向け雑誌が、その方面の知識のすべてだった。性交についてぼんやりとした想像しか持たないまま大学に進学し、ようやくスマートフォンを持つことを許され、世間の若者の性事情を知って啞然《あぜん》とした。

自発的な情報の摂取を抑制されて育ったためか、両親に大切に慈《いつく》しまれてきたわりに、小夜子の自己肯定感は低かった。内向的でいつもおどおどし、声の大きいひとが苦手で、他人から突然話しかけられるとびくつついた。相手が求めるものを、自分は差しだせないかもしれない。子どもの頃からうっすら抱えていたその恐怖から話し手の目を直視できず、意見を求められるとうつむいてぼそぼそと喋《しゃべ》った。集合写真では自ら端に立ち、スナップ写真は率先して撮影者になった。

そんな態度や挙動が、小夜子を男たちの恋愛対象から外してしまったのかもしれない。四年制大学を卒業する段になっても、小夜子にはちょっとした片想い以外に恋愛経験がないままだった。

「やっぱりねえ、小夜子、二十代のうちに産んでおいたほうがいいみたいよ。私たちもいつまでもサポートできるわけじゃないからね」

二十代も半ばを過ぎると、母親はそんな勝手なことを言うようになった。過保護な育児方針からの、ずいぶんな飛躍だった。

必要な時期に性的な知識を得ることを阻《はば》んだくせに、そんな都合よくいくものか。処女が子どもなど産めるものか。遅い反抗期を迎えた小夜子は二十七歳の秋にようやく北関東の実家を出て、首都圏と呼ばれるエリアの端でひとり暮らしを始めた。親に勧められて入った会社を思いきって辞め、新居から自転車で通える総務事務の仕事を探して転職した。

それにしても、どうしてこの世は性器で性器を貫通された経験がなければ半人前扱いされるのか。いまやどんな情報にも自力でアクセスできるようになった小夜子は、どうしても納得できない。人生に恋愛を必要としないひとや、恋愛に性交を必要としないひとだってたくさんいるはずなのに。異性を通じた恋愛経験を成熟の条件とみなす社会の空気が嫌でたまらない。

そんな心の叫びは誰にも届かずに、体の奥に沈澱《ちんでん》してゆく。何よりも悔しいのは、小夜子自身が誰かとのつながりに飢えていたことだった。

同級生の多くはパートナーを持ち、既に人の親になっている者も少なくない。つながりの少ないS

NSを開くたび、自分には理解のできない用語や話題が飛び交っており、強烈な憧憬《しょうけい》と疎外感を覚えるのが常だった。同じペースでライフステージを駆け上がるはずだった友人たちはもう小夜子のずっと先を軽やかに歩いていて、自分はようやく親元を離れひとり暮らしを始めたばかり。大きな夢も目標も趣味も資格もなく、守るべき対象も慈しんでくれる相手もない。歯車が少しずつ狂ってゆくように友人たちと話が合わなくなってゆき、ついには高校時代の仲間内の同窓会に自分だけが呼ばれなかったことを知った。

こうなったらもはや誰でもいい、処女をもらってくれるなら。それで自分が少しでも変われるのなら。男女の機微《きび》がわかる人間として扱ってもらえるようになるのなら。

長年自分の中で熟成させてきた切実な思いに後押しされ、チープなラブホテルで小夜子は木戸に身を任せた。スプリングがやたらとぎしぎし鳴るベッドは硬く、年季の入ったカーペットは埃《ほこり》っぽく、トイレの排尿音が聞こえるほど狭い部屋だった。それでも破瓜《はか》の痛みに耐えたあとは、みんなが既にたくさん溜《た》めているスタンプの台紙をようやくもらえたような気がした。

過程をすっ飛ばして結果に執着《しゅうちゃく》したら、たまたまこうなっただけのことだと思うようにしている。それに、たとえただの性欲から求められているとわかっていても小夜子は嬉《うれ》しかった。冴《さ》えない自分を異性として見てくれる男は、神のようにありがたい存在だった。さらにはその一度で飽きることなく、定期的に自分を求めてくれるのだ。

その神にたまたま家庭があっただけのことなのだと、小夜子は自分に言い聞かせていた。親が知ったらどう思うだろうという想像は、むしろ小夜子を愉《たの》しい気分にさせた。

『ボイルの場合：沸騰《ふっとう》しない程度のお湯で三分間温めてください』

ウインナーソーセージのパッケージにはいつも通りの文言が記されている。小さなミルクパンに湯を沸《わ》かしながら、小夜子はキッチン鋏《ばさみ》で袋を開封する。「沸騰しない程度」とは具体的に何℃くらいのことなのか、目視でそれを判別する方法はあるのか、小夜子にはわからない。自分ひとりの胃に収めるためだけのウインナーが数本、ちゃぽんちゃぽんとかすかな音をたてて湯の底に落ち、また浮き上がり、水流に合わせて躍りだす。

火力を最小にしていても、小さなミルクパンの湯はすぐにぐつぐつと煮立ってくる。「沸騰しない程度」を維持するのは本当に難しい。誰かに監視されているかのように圧を感じながら湯面を見つめ、少量の差し水をしながら三分間を過ごす。百円ショップで買ったざる付きボウルで湯切りをすると、小さなキッチンに湯気がもうもうと立ちのぼる。

おにぎりのように丸めて冷凍しておいたひとりぶんの白飯を電子レンジで解凍しながら、ウインナーをボイルしたミルクパンで手早くかきたま汁を作る。近所の無人販売で買ったトマトを洗ってざく切りにし、ウインナーと一緒に皿に盛りつけてちゃぶ台へ運ぶ。まるで朝食のような夕食が小さなちゃぶ台の上に調《ととの》う。

自分のためだけの、簡素な食事。誰かの胃や心を満たす必要もないし、評価されることもない。加工肉が好きな小夜子にとってはウインナーもハムもベーコンも御馳走《ごちそう》なので、仕事帰りの夕食のメインになることが多い。添加物が多いからという理由でほとんど食べさせてもらえずに育ったため、今はその反動のように食べまくる日々を送っている。近所のスーパーで加工食品セールが行われる金曜日は、絶対に残業しないことに決めている。

木戸から誘いがかかるのは、ひと月のうちの一週間に集中していた。それ以外の期間は、電話ひとつよこさない。そのサイクルがどうやら木戸の妻の生理周期と合致するのではないかと気づいた頃には、木戸との時間は小夜子を構成する一部になっていた。

木戸はどことなく、自分と同じにおいがした。正確な年齢は聞いていないが、四十をいくらか出たところだろう。平凡な顔立ちに、中年太りの始まった体。風采の上がるタイプではないが、調整型の性格で昇進を重ねてきた。自分がもし男性に生まれていたらそんなふうだったのではないかと、小夜子は勝手な想像を持っている。

妻とふたりの子どもがいて、休日は市内のショッピングモールに家族で出かける。黒い国産のワゴン車に乗っている。昼は会社近くの蕎麦屋《そばや》へひとりで行くことが多い。木戸について小夜子が知っていることはその程度だ。

もっとも、肉体的な事項に及ぶならばもっとある。右の肩にほくろが集中している部分があって、カシオペア座のように見えなくもないこと。代謝が良くないのか、夏でもひんやりとした素肌。そして小夜子の手をすっぽりと覆う大きな手。

手の大きいことが、小さな頃から小夜子のコンプレックスだった。地域の祭りで駄菓子やスーパーボールのつかみ取りをするたび友人たちより多く取れてしまい、羨《うらや》ましがられるというより敬遠された。気になっていた男子から、そのことで露骨にからかわれたこともある。そんな小夜子の手をあの日、タクシーの中で木戸はふわりと包みこんだ。それだけで、その先の展開を全部受け入れてしまう予感がたしかにしていたのだ。

男と逢瀬《おうせ》を重ねる日常がこの自分にある、それを思うだけで生まれ変われた気がした。まともな幸福に身を浸したことのない小夜子にとって、ようやくいくらか世間と足並みを揃《そろ》えることができたように感じられた。

木戸は好きだとも愛してるとも言わない。

初めてのとき、小夜子を誘ったことには理由があるとばかりに行為の間じゅう「かわいいね」「すべすべだね」を連発されていっそその口を塞ぎたいくらいだったが、それ以降、愛情や愛着を感じさせる言葉が生成されることはなかった。いつも黙々と欲望のままに小夜子を貪《むさぼ》り、余韻も感じさせることなく帰ってゆく。どうやら日付が変わるまでに帰宅するというポリシーがあるようだった。

小夜子とて、自分の木戸に対する感情が美しさや麗しさで表現できるものではないとわかっていたし、不倫という関係は体の結びつき以上に発展しないのが定石だという知識くらいは持っていたので、そんなものなのだろうという雑な理解に落ち着いていた。秘密を守り、避妊さえしてくれれば、とりあえずはなんでもよかった。

ぱりっ。口の中でウインナーを嚙《か》みくだく。皮が破れて脂《あぶら》がじわりと流れだす。香辛料と塩気、食品添加物の旨《うま》みをゆっくりと味わう。三分間、沸騰しない程度の湯で茹《ゆ》でたウインナー。

不実な関係を続けるのは、火にかけた水を沸騰しない程度に保つことに似ている。

「うちのカミさんさあ、結構ズボラなんだよね」
四度目の行為のあとで——小夜子は逢瀬の記録を几帳面《きちょうめん》に手帳につけているため、正確にいつのことなのか思いだせる——小夜子の扱いに慣れてきた木戸は、トランクスに脚を通しながら言った。カミさん。記号化されたその呼び名を、口の中で小さく反芻《はんすう》してみた。

「ごみの分別とかいい加減だし、子どもたちの弁当に冷凍食品使いまくるし」

「……はあ」

困惑しながら相槌《あいづち》を打った。自分もごみの分別には自信がないし、疲れた日の食事はインスタント食品に頼ることも少なくない。

「それにね、シーツ洗うのって、俺とやった翌朝だけなんだよ。そういう日だけ起き抜けにシーツ引っぺがして朝一で洗濯機回してさ、俺が出社する頃にはばーんと干しちゃうの。あれじゃご近所にバレバレで恥ずかしいよ」

男性慣れしていない小夜子にも、木戸が自分の反応を楽しむために話していることはわかった。

「はあ」

小夜子はリアクションに困って、というよりまともに相手をすることを放棄して、木戸に背を向けた。

衣類を身に着けた。その態度に、木戸はむっつりと押し黙った。

なんて低次元のコミュニケーション。ミントガムの香味が抜けるように、すうっと気持ちが冷めるのを感じた。だいたいなんだろう、あの子どもじみた色柄のトランクス。きっと「カミさん」が量販店で買ってきたものをこだわりなく穿《は》いているに違いない。

興醒《きょうざ》めしたはずなのに、シーツの話はいやにしつこく小夜子の脳裏にこびりついた。

夫婦が前夜愛し合った証拠としてベランダにはためく白いシーツを、この目で見てみたい。そんな自虐的《じぎゃく》とも言える欲求が押し寄せ、抗《あらが》えぬほど大きなうねりとなって小夜子を突き動かした。総務課の職権を濫用《らんよう》して木戸の正確な住所を調べ、自宅から自転車で十分かからない程度の場所にあることを知った。

ああ、なんてお手軽な不倫。

心の中では木戸にも自分にも呆《あき》れ果てているのに、体は勝手にベランダを確かめに向かっていた。

風にひるがえる木戸家の真っ白なシーツを初めて見たとき、妙に安心したのを覚えている。少なくとも、あの男は自分に嘘《うそ》をついていない。

妻を愛していようがいまいが、毎晩セックスしていようがレスだろうが、構わなかった。ただ、嘘をつかれることだけは嫌だった。

運がよければ、ベランダに妻の姿を見ることができた。

黒髪の、小柄な女性。カラフルな布団用のピンチでシーツの両端を留めるその姿に、小夜子はじっと目を凝《こ》らす。

ズボラだという評価はおそらくある程度は正しいのだろう、寝巻き姿であることは遠目にもわかった。いつも同じピンクの上下を着ていて、砂糖菓子が動いているようにも見える。きっと丸襟《まるえり》で、ボタンが大きくて、垢抜けないデザインの部屋着なのだろう。ホームセンターで上下セット九百八十円で売っているような。そんなことまで想像した。

自分の着替えよりも先にシーツを洗わなくてはならないほど、毎回毎回セックスで汗まみれになるのだろうか。品のない想像をひととおりめぐらせると妙に胸がすっとして、小夜子はふたたびペダルを漕《こ》ぎ、会社へ向かう。

確認作業というルーティンは、いつも小夜子に安心をもたらす。

訊《き》いていいですか？　と言われて拒否したら、実際どうなるのだろう。つややかな桃色に塗られた同僚の唇を見つめながら、小夜子はそんな愚にもつかないことを考える。

「訊いていいですか？　衛藤さんって、彼氏とかいるんですか？」

同僚の森《もり》が無邪気にたずねてきたのは、労務課長の木戸がちょうど小夜子のいる総務経理部の執務室に来ているときだった。

郊外にあるこの事業所には、企画・開発と営業をメインとし自社工場を併設した本社に代わり、人事労務部と総務経理部が置かれている。所長の森永《もりなが》の席が執務室の中にあるため、稟議書《りんぎしょ》の提出や捺《なつ》印《いん》などを求めて管理職がよく出入りする。

同じ総務課の森と須永《すなが》（このオフィスには森と森永と須永がいて少々ややこしい）が若手社員同士の飲み会の計画について話していて、小夜子は急に水を向けられたのだった。小夜子より年下ながら先輩にあたるふたりは、よく通る高い声でさかんに喋る。その学生のようなかしましさに、小夜子はいつまで経《た》っても慣れることができない。

所長の森永は温厚な性格で、女性社員がきゃっきゃと恋愛話で盛り上がっていても顔をしかめることすらない。華があって賑《にぎ》やかでいいなあ、くらいにしか感じていないのだろう。

「……えっと……」

どの程度誠意を持って返答すべきだろうか。小夜子は森永と話しこんでいる木戸を視界の隅でちらりと見遣《みや》った。顔は向かいの席の森に向けたまま、黒目だけをそっと動かして。

所長席からは、最近社内で活発に議論されている「環境マネジメントに関する国際規格の認証を得るべきか否か」の話が断片的に聞こえ続けている。先程の森の言葉が木戸の耳に入ったかどうか、斜め後ろの席からはわかりようがない。

「だってえ、金曜日とか必ず定時で帰りますもんね？　あ、責めてるとかじゃないですよ？　デートでもあるのかなーって」

森は隣の席の須永と笑みを交わすと、期待に満ちた視線を投げてくる。毎週金曜に定時上がりするのは加工食品セールのためなのだが、あまりにも小市民的な事情を口にするのは憚《はばか》られた。目を泳がせていると「ああ、いいんです、いいんです、無理に答えなくて」とフォローされ、反射的に口が動いた。

「あ……いや、いるようないないような……まあ、『彼氏みたい』というか……」

社内で木戸との関係が露見《ろけん》するのはもちろん大問題だが、かといって色恋と無縁の生活を送っていると同僚たちに思われるのも抵抗があった。自己肯定感の低い自分にも、どうやら人並みにプライドは備わっているらしい。

きゃあー！　それっていることですよね！　若いふたりが甲高《かんだか》い声を上げ、森永も木戸もさすがにこちらを見た。誰を注意すべきか迷うような森永の視線が宙《ちゅう》をさまよう。こんなとき、自分がロックオンされるのを小夜子は経験上知っている。

「仕事、しましょうよ、ね」

気まずさと不快感を腹の底に押しこめ、つとめて年上らしく小夜子は言った。自分の声の重みのなさに、ふと泣きそうになった。

「俺って『彼氏みたいなひと』だったんだ？」

その翌日の夜、いつものチープなラブホテルのベッドの中で小夜子の体を貪った木戸は、思いだしたように言った。いつもはさっさと着替えてしまうのに、その日はめずらしく裸で横たわったまま、小夜子の腰の曲線をいつまでも撫《な》でていた。

「何の話です？」

森とのあのやりとりを受けての言葉であることは自明のことだったが、意図を汲《く》み取ってやるのもしゃくなので訊き返した。

「わかってるくせに。あんたさ、そういうところがかわいげないんだよ」

木戸は子どものようなふくれ面《つら》になった。彼がいつでも会話のイニシアチブを取らないと気の済まないタイプであることに、小夜子はとうに気づいていた。ますますしらけた気持ちになってゆく。自分と同じにおいがするなどと感じたことが、既に前世の記憶のように遠い。

それでも、木戸から求められない三週間の淋《さび》しさを思うと邪険にすることもできない。比較対象があるわけではないものの、自分たちは肌が合うと確信していた。自分を必要とし、自分しか見ていないあの目つきを手放す気は、まだ今の小夜子にはない。

黙りこくっていると、木戸は裸のままのそりと布団から這《は》い出て、あられもない姿のまま自分の鞄《かばん》をごそごそとまさぐり始めた。

「ごめんって。これやるから」

小夜子の沈黙を怒りと解釈したらしい。金具のついたプラスチックのキーホルダーが手渡された。ぱかりと口を開いて鍵盤《けんばん》のように並んだ歯を見せている、紫色の小さなカバ。

「なんですか、これ」

「新商品の防犯ブザー。こないだ本社行ったときもらったんだ。発売は十二月」

「あ、ああ」

カバの腹だけが柔らかいシリコン製になっている。この中にボタンが内蔵されているのだろう。

「あ、今押さないでよ？　ひと来ちゃうから」

木戸が屈託なく笑う。美形でもなくシブくもないが、小夜子の心を開かせるには充分に魅力ある笑顔。

「……私を襲うひとなんていませんよ」

「いるだろう、ここにひとり」

そう言って、珍しく木戸は性交に結びつかないキスをした。小夜子の薄い唇をまるごと食べてしまうようなキスだった。

帰りのタクシーの中でその存在を思いだし、小夜子は小さなカバを通勤鞄のファスナーに取り付けてみた。蓄光性であるらしいカバは、タクシーの闇の中でほの白く揺れた。お礼を言い忘れたことに、今になって気がついた。

本当に自分はかわいげがない。そんなことはよくわかっていたはずなのに、内臓のどこかがきしむようないたたまれなさを感じた。


マンションの目の前でたびたび自転車から自分を見上げる変な女がいたら普通は怪しむものではないかと思うが、少なくとも遠目には、木戸の妻には何の動揺も見られない。

初めは向かいの民家に身を隠すように見ていた小夜子だが、徐々に大胆になっていった。

木戸との関係が始まって半年が経とうとしていた十月の朝、いつものようにベランダを見上げていると――その日はシーツは干されていなかった――、マンションのエントランスから妻が走り出てきた。突然のことで身動きすらできないまま、小夜子は道路の向こうをピンクの部屋着姿で小走りする妻を観察した。

やはり小柄で、やはり部屋着は安っぽい素材だった。すっぴんに、ヘアクリップで雑にまとめられた髪。ただ、それでも顔の造作《ぞうさく》は小夜子よりずっと整っているのがわかった。

妻は両手にごみの詰まったポリ袋を提げていた。彼女を追い抜くように青い清掃車が走り抜け、マンションの門を曲がったところで止まった。そこにごみの集積所があるのだ。

やだー、ごめんなさい。いいですかあ？　すみませえん、いつも……。

初めて聞く妻の声が小夜子の耳に届く。いつも収集時間ぎりぎりにごみを出しているのだろう。謝り慣れた、どこか楽しげにさえ聞こえるトーンの高い声が、冷えた朝の空気に放たれる。

小夜子の立っている場所からは死角になっていて清掃車の尻しか見えないが、その朗らかな声は朝の住宅街に響いた。

姿を見ても、声を聞いても、罪悪感は芽生えなかった。自分は倫理観をどこかに置き忘れたのだろうか。妻が戻ってくる前に、小夜子は慌ててみかん色の自転車を発進させた。最初の信号まで一気に走ると、呼吸を落ち着かせながら鞄を探り、スマートフォンを取り出した。木戸はもう会社に着いている頃だ。

『お疲れ様です。よろしければ近いうちにお食事にでも行きませんか？　なんとなくそんな気分になりました』

緊急時以外はなるべくやめてほしいと言われているメッセージを送信する。自分の勢いに自分で驚きながら、会社までの残りの距離を走る。毎朝すれ違う、犬の散歩をする人たちが背後に遠ざかる。

承諾を期待してはいなかった。「かわいげがない」を挽回《ばんかい》し、精神的なつながりの強化を求めているると知ってさえもらえれば、それで充分だった。だから、会社の駐輪場に自転車を入れながら確認したスマートフォンが「別にいいよ。いつにする?」という返信を表示しているのを見て、えっと声が出た。

初めてのデートより性交が先になった現実を思うと、自分のスタンプ台紙が他人のものより安っぽく感じられた。それでもスタンプが増えることには違いなく、心が浮き立った。冷気を含んだ秋の風が、小夜子の平たい頰を撫でてゆく。


砂浜に膝を突き、片手にビールジョッキを掲げた女が微笑《ほほえ》んでいる。

ハイレグの白い水着を着た女は、健康的に日焼けしている。美容界隈に美白ブームがやってくる前の時代のポスターは、油や埃で黒ずみ、全体的にトーンをかけたように色褪せている。グラビアアイドルから女優、タレントとなってメディアで活躍した彼女はたしか今、お笑い芸人の妻として子育てに専念しているはずだ。

週が変わってすぐ、木戸は自分の家庭向けに「残業が長引いて腹が減ったからひとりで夕食食って帰る」という設定をこしらえて小夜子との時間を作ってくれた。ここでいいよね、と彼が選んだのは、事業所のある町から二駅ぶんほど離れた中華料理店だった。会社のトイレでそのメッセージを確認し、時間をずらして退社して、直接現地へ向かった。木戸が少し遅れてやってくるまで、小夜子は北風に吹かれながら店の軒先のベンチに座って待った。

本場の料理人がいるわけではない、日本人の経営する大衆向けの店だった。仕事帰りのサラリーマンと家族連れがほぼ同数程度席を埋めており、時折騒がしい声が耳をつんざく。自分たちのようなカップルはひと組もいなかった。

——そう、カップルのつもりで。とろみのついた木耳《きくらげ》と卵のスープにれんげを沈めながら、小夜子は苦々しく思う。カップルのつもりで来たのだ。なんなら、人生初めてのデートのつもりだったのだ。なぜ、ポスターのグラビアアイドルと目を合わせながら油でべたつくテーブルに向かい合っているのだろう。

いわゆる温室育ちのせいで、小夜子はこのような店に入ったことがなかった。母とはもちろん父とふたりのときも、座席同士の間隔が広い落ち着いた店が選ばれた。デートであればなおさら雰囲気重視の店になるのだろうと期待していたのだが、分不相応《ぶんふそうおう》な想像だったようだ。

青椒肉絲《チンジャオロースー》と回鍋肉《ホイコーロー》が運ばれてくる。小皿に取り分けようとしたら、身振りで制された。直箸《じかばし》でいいだろうという意味らしく、木戸はそのまま自分の箸を料理に差しこむ。もうもうと立ちのぼる湯気と香辛料のにおいが食欲をそそる。食べづらいし衛生的でない気がしたが、小夜子も木戸に倣《なら》って青椒肉絲に箸をつけた。ごま油が多い気がするが味は洗練されており、調味する料理人の迷いのない手つきが浮かんだ。ピーマンもキャベツもしゃきしゃきとした歯触りが心地よく、タレの旨みを舌が追いかけたくなる。

デートらしさはかけらもないものの、料理の確かなおいしさは救いとなった。普段家族と利用しているのか知らないが、少なくともこの男は今日、自分においしいものを食べさせようとしたのだ。おいしいですね。つぶやくと木戸の頬が得意げに盛り上がった。

「美味《うま》いっしょ？　あとね、ここは炒飯《チャーハン》が絶品なんだよ。白飯ほしいだろうけどちょい我慢して」

油でてらてらと光る唇でそう言うなり、木戸は「おおい」と野太い声を上げた。騒がしい店内の空気をびりっと震わせるほど大きな声だった。中年の女性店員が小走りでやってくる。

「炒飯早めに。あと春巻き追加。あ、あとおしぼり替えて」

そのぞんざいな口ぶりに小夜子はぎょっとした。木戸のそんな高圧的な態度や大声に接するのは、社内でもプライベートでも初めてだった。

最初のオーダー時も、ただ単語を並べるだけだった。いくら庶民《しよみん》派の店とはいえ、敬語くらい使ってもいいのではないか。いたたまれなさを抱える小夜子の内心を知らない店員は、横柄《おうへい》な客に慣れきっているのか、表情ひとつ変えずに伝票を上書きして厨房《ちゆうぼう》へ向かう。新しいおしぼりだけでも早めに届けられないと木戸がまた「おおい」をやるのではと、要らぬ焦りが足元から押し寄せてくる。ほかの料理が急に冷めたように感じられた。

おしぼりと一緒に運ばれてきた炒飯も春巻きもおいしかったのに、さっきほどの感激はできないまま小夜子は箸を進めた。テンションの先細りした彼女に気づかない様子で木戸はわしわしと炒飯を口に運び、「最近どいつもこいつもエコエコってうるさいよなあ、人類の欺瞞《ぎまん》だよエコなんて」などと、自分自身どうでもよさそうな話題を振ってくる。両隣のサラリーマン風グループがうるさくて語尾が聞き取りづらく、木戸のほうに身を乗りだしながら相槌を打った。

油膜《ゆまく》の浮いたタレだけを残して、どの皿もほぼ同時に空《から》になった。木戸が小さくげっぷをし、それを合図にしたように立ち上がったので、小夜子も慌ててブルゾンに袖を通しながら腰を浮かせた。

会計は木戸が済ませてくれた。店の外に出るなり体がひんやりとした夜気に包まれ、小夜子はくしやみをした。かっきりと半分に割ったような黄色い月が浮かんでいる。花見のあとに見上げた月が思いだされた。

もしかしてこのあと、アパートの部屋に行きたいと言われるだろうか。この夜が、いつもの逢瀬のサイクルを乱すきっかけになるだろうか――。わずかに緊張し始めた小夜子をよそに、木戸は駅の方向へずんずん歩いてゆく。その背中を追うように足を動かしていると、木戸がくるりとふりむいた。

「あのさ、離婚とかはないからね？　わかってると思うけど」

だしぬけに男が何を言い放ったのか、一瞬わからなかった。行き交う人々は、立ち止まるふたりに視線を投げることすらなく通り過ぎてゆく。

「……えっ」

「たまにメシ食うくらいはいいけど、あんまりしょっちゅうはやめてね。俺、カミさんと別れる気はないからさ、言っとくけど」

一拍置いて、ようやく言葉の意味を咀嚼《そしゃく》した。そうか、自分が木戸への想いを募らせて重大な話を抱えていると思われていたのか。

「そんなこと求めてないです」

いかにも心外だと言いたげなトーンの声になった。木戸はうさぎ小屋のうさぎの様子を見る飼育員のような表情になり、ならいいけど、と言って駅前の駐車場へ向かってゆく。食事のあとの展開をあれこれ想定して電車で来た小夜子を置いてすたすた歩いてゆき、黒いワゴン車にひとりで乗りこんでしまう。夜の中に取り残された小夜子は、ぽつんと立ち尽くしたまま去り行くワゴン車を見送った。後部座席にチャイルドシートらしきものが取り付けられているのが、窓の奥にちらりと見えた。

ふたりのイレギュラーな時間は、正味一時間程度で終了した。どうやら傷ついているらしい自分が腹立たしくて、自動改札の読み取り機にＩＣカードをぱしんと強めに叩《たた》きつけてしまう。ぴん、ぽーん。電子音とともに改札の扉がばたんと閉じられ、「残高不足98円」の字と、車両進入禁止の標識と同じ赤いマークがディスプレイに表れる。びくりと後方にのけぞった小夜子が慌てて方向転換すると、後ろに続こうとしていた若い男性がチッと大きな舌打ちをした。

慣れない駅でチャージするため自動券売機を探しながら、もう自分には巨大な幸せのようなものは来ないのではないかと小夜子は予感する。改札を通れなかっただけなのに、冷たく拒絶されたような嫌な感覚が胸に残っている。

ホームに滑りこんできた電車に乗りこみ、人に押されながら車両の隅のスペースを確保《かくほ》すると、平常心を取り戻したくてスマートフォンを取り出した。画面に表示されていたバナーに指が触れ、Facebookが立ち上がる。「交際半年♡　これ、もらっちゃいました……！」同級生が投稿している写真には、立て爪タイプのデザインの婚約指輪が写っていた。コメント欄は既に祝福のメッセージであふれている。

木戸さん、今日で私たち、ちょうど半年経ったんですよ。それに私、入社して一年経ったんです。言いそびれた言葉を、スマートフォンと一緒に鞄にしまいこむ。ファスナーの金具に取り付けられた小さなカバが、電車の動きに合わせてぷらぷらとたよりなく揺れている。

森と須永の服装に、いつもより気合いが入っている。嗅《か》ぎ慣れない香水のにおいが小夜子の鼻を刺激する。

今夜が例の若手の飲み会の日なのだろう。そしてそれは実質、合コンのようなものなのだろう。森はサーモンピンクのツインニットにプリーツスカート、須永はベージュのワンピースに大ぶりのピアス。動くたびにスカートの裾からのぞくミルク色の膝が彼女たちの若さを物語っている。ふたりとも朝から傍目《はため》にもわかるくらいそわそわしており、普段比較的ミスの少ない須永が二か所も伝票処理を間違えた。

そうか、デートのときはこういう服を着ればよかったのか、香水くらいつけるべきだったのかと、小夜子は今更ながら得心《とくしん》した思いだった。あの日もう少し華やかな装いをしていれば、木戸の態度も食後の展開も少しは違ったのかもしれない。

ただ、水を弾《はじ》きそうなつやつやした赤い唇を見ていると、どうしても発情期の猿を思い浮かべてしまう。「人間の女性が口紅を塗るのは、猿の尻が発情期であることを知らせるために赤くなるのと同じ原理である」という学説をテレビの教養番組で見て以来、小夜子は真っ赤な口紅だけは避けるようにしている。

本社の企画開発部と営業部の若手、それに総務経理部の森と須永。計八名ほどで集まるらしいというのは、丸聞こえの会話で知ったことだ。

こういうとき、小夜子はたいてい蚊帳《かや》の外だ。以前契約社員として勤めていた食品加工会社でも、若手や中堅だけで集まる内輪の飲み会が年に何度か催《もよお》された。声をかけられた場合の出費のやりくりをひそかに計算していたが、幹事を務める者は小夜子を見えないかのように扱った。

社内の飲み会に運命の出会いがあるなどとは到底思えないが、小さな花見の酒宴《しゅえん》で木戸と自分ができてしまう程度の確率はあるだろう。ましてや若手だけというならば、そんな楽しく浮かれる酒席に身を置いてみたいという好奇心くらいは人並みに持っている。しかし「衛藤さんも一緒にどうですか」と誘われたことなど一度もない。数に入れてさえもらえないことが、小夜子の自尊心を小さく削りとる。

声をかけられて、いったんは遠慮してみせ、もう一度誘われてやむなく応じる——脳内で、そんなシミュレーションまでしていたというのに。「彼氏みたいな」存在がいると言ってしまったのがいけないのだろうか。あるいは自分のような地味な人間は、華やいだ場所にいてはならないのだろうか。

トイレの鏡の前で、小夜子はまじまじと自分を見つめた。手を入れるのがなんとなく億劫《おっくう》で、きちんと整えたことのない眉。似合っているのかいないのかよくわからない、ベージュピンクの口紅。極端に長くしたことも極端に短くしたこともない髪。

どうしてこんなに野暮ったいんだろう。木戸は私のどこがよくて誘ったのだろう。隙がありそうで抵抗しなそうな若い女であれば、誰でもよかったのか。妻を抱けない夜に身を捧《ささ》げてくれる、コンビニみたいに都合のいい存在であれば、誰でも。

情けなさがこみあげ、鼻の奥がツンと塩辛くなる。あの大きな手で肌を撫でてほしい。かわいげのないこの手を包みこんで、薄い唇を食べるようなキスをして、脳が痺《しび》れるほど貫いてほしい。不毛な思考に陥《おちい》る余裕などなくなるまで。

木戸が声をかけてくるはずの夜は、まだ二週間も先だった。

市営バスの車内は、ぎっしりと詰めこまれたさまざまなひとのにおいで満ちている。夏のあいだ日に焙《あぶ》られていた街路樹が少しずつ赤や黄色に色づき始めているのを、窓ガラスに額をつけながら小夜子は眺めた。

最寄駅前からさらに別の路線のバスに乗り換えた場所に、大型のショッピングモールがある。秋風が日に日に冷たさを増し、あたたかい通勤着を新調しようと思い立った小夜子は、休日を買い物に費やすことに決めた。いつかまた木戸と出かけることになったとき困らないよう、少しはましなおしゃれ着を見繕《つくろ》うことのほうが大きな目的だったけれど。

土曜日のショッピングモールは親子連れが目立ち、売り場は翌週に控えたハロウィンを全面的に押しだした商品展開がなされている。海外の収穫祭を輸入するより国内の地方の小さな祭事をもっと知るべきではないかと昔から思っている小夜子だが、もちろんそれを人前で口にしたことはない。世の中の空気に同調できないものは弾かれ敬遠されることを、経験上痛いほど知っていた。

アパレルブランドがひしめくエリアで「アンゴラうさぎのふわふわニット」と書かれたPOPが目に留まった。近寄ってそっと触れてみる。はっとするほど繊細な毛の感触が指先をくすぐった。七色ほどのカラーバリエーションがあるが、自分が着ても悪目立ちしないのは黒、茶、グレーくらいか。

「それ、今朝入ってきたばかりなんですよ～。かわいいですよねぇ」

小夜子の購買意欲を察知したショップ店員がすかさず話しかけてくる。

誰もが「かわいい」を基準に服を選ぶわけではないんだけどな。小夜子は心の中だけで反発する。無難で機能的で自分の社会的属性やキャラクターに合っていることのほうが、「かわいい」より何万倍も重要に思える。

そもそも買い物という経済行為にコミュニケーションは不要だと考えている小夜子には、フレンドリーな接客などわずらわしいだけだ。むしろこちらが対応させられている気分になる。ひとりでさくさく取捨選択させてもらったほうが、実質的に店の売上につながるのではないだろうか。

重力に負けそうな表情筋に力をこめて相槌を打ちながらふと見ると、その華奢《きゃしゃ》な茶髪の店員は小夜子の手にしている黒いニットの色違いを着ている。小夜子の視線に気づき、彼女は我が意を得たりとばかりに「私もそちらのピンクを着てるんですよぉ。ほら、意外に伸縮性もあって……」と裾をつまんでみせる。

似合うわけない。覚えのある絶望が小夜子の内側を駆け抜ける。こんなスリムでおしゃれなひとと同じものを、私が着こなせるはずがない。アンゴラうさぎだって私なんかに着られたいはずがない。そもそもふわふわ素材のくせに半袖じゃないか、いったいどんな気候に合わせて着ればいいのだ。小夜子は手早くたたんだニットを平台の上に戻し、半ば逃げるようにその店を後にした。

いくつショップを回っても、小夜子は収獲のないままだった。好みの服に出合っても、それを自分が纏《まと》うことがひどく浅ましい気がして手を離してしまう。うわあ、似合わないのにばかみたい。後ろ指をさす誰かの声が内耳に響く。スタイルのいい垢抜けた店員に気さくに話しかけられるたびに萎縮《いしゅく》し、気疲れする。店内BGMの奇妙なほどの明るさが、ハロウィン仕様のディスプレイの数々が、小夜子をここにいるべき存在ではないと糾弾《きゅうだん》しているような気がする。

とうとうすべてが面倒になり、結局いつもの量販店にするしかないと方向転換したときだった。見覚えのある顔が視界をよぎった気がして、小夜子は反射的に首をねじった。

最初に目に入ったのは、妻だった。小花柄の上着に藤色のロングスカートという姿で、二歳か三歳くらいの幼児の手を引く木戸の妻。

その隣には、ミリタリー柄のオーバーにジーンズというラフな恰好《かっこう》の木戸が当然のごとく寄り添っている。その半歩先を、小学生であろう男の子が携帯ゲーム機をかちゃかちゃいじりながら歩いている。こら、前見て歩けよ。聞き慣れた声が鼓膜《こまく》に届く。

木戸の手には、衣類がぱんぱんに詰まった子ども服ブランドのショップ袋が提げられている。子どもが暑がって脱いだのか、反対の腕には小さな上着が無造作《むぞうさ》に引っかけられている。

それは、小夜子がよく目にする典型的な家族のかたちだった。フリー素材の写真サイトで「家族」と検索すれば、真っ先にヒットするような。

ひとの行き交うモールの通路で、小夜子はばかみたいに突っ立って一家を見つめた。

妻に何か話しかけられ、大口を開けて笑う木戸がふいに、こちらを見た。視線のぶつかる音が聞こえたような気がした。

木戸は、目を逸《そ》らしたりしなかった。驚きも怯《おび》えも、その顔に浮かべたりしなかった。小夜子と目を合わせたまま、充分すぎるほどにその笑顔をキープしていた。ことさらに、見せつけるかのように。自然な仕草で木戸はその笑顔をそのまま息子に振り向け、小夜子の脇を通過していった。

妻が斜めがけしているショルダーバッグに取り付けられた紫色のカバが、ぷらぷらと揺れながらモールの通路を遠ざかってゆく。

いったいいつまで一家の後ろ姿を見つめていただろうか。背後から自分の名を呼ばれていることに気づくのが遅れた。

「ね、さよちゃんでしょ？　違う？」

振り返ると、すらりとした体にマフラーを巻きつけた女性の姿があった。小夜子の顔が、金縛《かなしば》りが解《と》けるように緩んでゆく。

「違わない。久しぶり」

小夜子より三歳上の智江《ちえ》は母の兄の長女だ。昔から他のいとこたちより気が合って、親戚の集まりでは気づけばふたりになって遊んでいた。大学卒業後都内の企業に就職したというのは聞いていたが、個人的に連絡を取るまでには至っていなかった。けれど小夜子が実家を出ると決めたときこのエリアにあたりをつけて引っ越したのは、智江がいる町だからという漠然《ばくぜん》とした安心感があったことも大きな理由だ。両親も「何かあったら智江ちゃんに頼りなさい」としつこく言っていた。

「嬉しい、本当に会えるなんて」

「こっちこそだよー。さよちゃんがこっちに来てるらしいってパパから聞いてたけど、全然連絡できなくてごめんね。やだあ、すっごい社会人っぽーい」

毛玉の目立つブルゾンにチノパン姿の小夜子のどこが社会人っぽいのかわからないが、智江は目をすがめて満足そうに小夜子を眺め渡し、「今時間ある？　お茶でもしよ、お茶」と小夜子の腕を引っ張った。


休日のフードコートでさくっと空席を見つけるという偉業を、従姉《いとこ》は目の前で成し遂げて見せた。小夜子の目には席が埋まっているようにしか見えない一角を指差し、ひしめくテーブルの間を縫うようにするする進んでゆくと、先に座席を確保して小夜子に向かって大きく手を振った。

木戸一家に再び出くわさないかとやきもきしながら、ホットコーヒーのSサイズを購入して席についた。服を買って帰る予定なので、出費は最小限にしたかった。昨日の加工肉セールで、これまで手を出さずにいたハーブ入りドイツソーセージを奮発《ふんぱつ》してしまったためもある。

「ほんとに久しぶりだよね」から始まり、智江は自身の近況をまくしたてた。自分が話すより他人の話を聞いているほうが楽な小夜子は、コーヒーの味に少々失望しながら相槌を打つ。ずっと未婚のままで恋人もいないと聞いたときに安堵《あんど》を覚えたことは、瞬時に自己嫌悪に変わった。最初に入社した包装資材メーカーを去年辞め、現在は近所で歯科助手をしているという。自分も同時期に転職したのだと、うまく文脈をつなげて近況報告することができた。

ふいにもたらされた予定外の時間を楽しむことができる心のゆとりに、小夜子はひそかに満足した。思えば自分には親しい友人がほとんどいない。いわゆる女子会というものも経験したことがない。最後にこんなふうに誰かと向かい合ってお茶を飲んだのはいつだっただろうか。智江の選んだ黒ごまなんとかパフェのアイスの上で、きな粉のまぶされたわらび餅がふるふると揺れている。

「ね、そっち見ないで聞いて」

柄の長いスプーンを握りしめた智江が、突然顔をぐっと近づけてささやいた。

「さよちゃんの左斜め後ろ。あれ、絶対不倫」

小夜子をぎょっとさせるワードを発したことに気づかない智江は、子どものように瞳を輝かせて喋り続ける。

「女のほうが生活感なさすぎ。土曜のショッピングモールなんかでよくやるよ。奥さんにばれたら百万とか二百万とか飛んじゃうのにね」

小夜子の喉《のど》に、食べてもいないわらび餅が詰まった気がした。

「えっと、慰謝料《いしゃりょう》ってこと?」

「そうそう。大学のとき法学の授業でやったの、そこだけは妙によく覚えてるんだ。『相手が既婚者であることを知りながら不貞行為《ふてい》に及んだ場合』ってのが条件になるんだよね」

ゆっくりと首を斜め後ろにひねり、その対象らしきふたりの姿を捉えた。木戸と同年代くらいの肩幅の広い男の向かい側で、化粧の派手な若い女が明るい色の巻き髪を揺らしながらパンケーキを食べている。

でも羨ましい、と智江が溜息《ためいき》と一緒に漏《も》らしたとき、小夜子は耳を疑った。

「羨ましいな。あたしは男の人と付き合えないから」

「えっ、なんで」

反射的に疑問が口をついて出てしまい、せめて驚きが顔に広がりすぎないよう腐心《ふしん》した。

「どうしてもだめなんだ。男の人に、体に触られること自体が」

細い腕を手でさすりながら智江は続けた。人に説明する機会が何度もあったのだろう、悲愴《ひそう》感が慎重に取り除かれたさらりとした口調だった。フードコートの喧噪《けんそう》がふっと遠のく。

「そういう雰囲気になっただけで蕁麻疹《じんましん》が出るの。中学のときに電車で痴漢《ちかん》に遭いまくったからなあ。パパにもママにも言ってないけどね。まさかそんな理由で独身を通してるだなんて」

なんか言えないんだよね、そういうのって。雑音に掻《か》き消されそうな小さな声でつぶやくと、智江は思いだしたようにパフェを食べ進める作業を再開した。遠目には少年のようにも見えるベリーショートの髪やノーメイクの肌、無彩色のモノクロコーディネートの服装を小夜子は見つめた。

そうだ、自分が小学六年のときだった。もともと心臓の弱かった祖父が亡くなり、その葬儀で久しぶりにいとこたちと再会したとき、かつて美しいロングヘアだった智江が髪をばっさりと短く切ったことに衝撃を受けたのだ。少なくとも自分の知るかぎり、あれから智江はずっとショートヘアだ。

「さよちゃんは彼氏とかは？」

「え、あ、えっと……」

突然水を向けられ、森にたずねられたときとは別の種類の焦りに、胃が縮こまったような気がした。

「一応……定期的に会う人はいるんだけど、全然そんなたいしたあれじゃなくて」

要領悪く答えると、智江はやさしく目尻を下げた。小夜子と違って豊かに盛り上がった頬に、長い睫毛《まつげ》の影が落ちている。どんなにボーイッシュに見た目を整えても、智江の生まれ持った女らしさは隠せない。

「相手がどんなんだろうと、普通に恋愛関係結べるのは羨ましいよ、ほんと」

他人に羨ましがられる経験など自分の人生において皆無だったのではないか。目の前で削りとられてゆく黒ごまアイスを見つめながら、小夜子はそのことに気がついた。


社内飲み会という名の合コンで、須永は彼氏ができたらしい。翌週の昼休み、並んで歯磨きをしながら無邪気に打ち明けられた。

営業部の坂崎《さかざき》という男。小夜子の同期だったので驚いた。

実を言えば、入社研修のとき少し、好ましく思っていた。小夜子より二歳年下ながら精神の軸がしっかりしていて、物腰は柔らかく、同年代の男性に比べがさがさした感じがないのが好印象だった。自分が彼の恋愛対象でないことはその表情や素振《そぶ》りで明らかだったので、配属先が違ったことにむしろ安堵したのだった。

「あたしも坂崎さんがよかったなあ」

森がどこまで冗談かわからない含みをにじませて言う。正直、ぱっと目を引くほど華があるのは森のほうなので、坂崎と相思相愛になったのが彼女ではなかったことも小夜子は意外に思った。

「そういえばさあ、木戸さんにお礼言った？」

突然木戸の名前が出てきて、小夜子は口の中のどろどろの歯磨き粉を飲みこみそうになった。

「来たの、終わりのほうだったのにねえ、木戸さん。全額出してくれたんでしょ」

「やっぱうちらもちょっとは出せばよかったかな」

「まあ……もともと男性陣が出してくれるはずだったたし、いいんじゃない？」

「だよね。課長だし」

小夜子がここにいることなど構う様子もなく、ふたりは喋り続ける。まるで喋るのをやめたら死ぬ病気であるかのように。歯磨きを終えるとそろってファンデーションのパフを折りたたみ、機械みたいに同じ動きで小鼻のあたりに粉を叩《はた》きこみ始める。

外資系コスメブランドのコンパクトを開いているふたりの前で、ドラッグストアで買ったプチプラコスメのコンパクトは取り出しづらい。だからいつも、なるべくふたりと化粧直しのタイミングがかぶらないようにしていたのに。小夜子は時間を稼ぐため、緩慢《かんまん》な動作で口をゆすいだ。ミントの清涼感が口の中からすっかり消え去ってもゆすぎ続けた。

「それにしても木戸さん、突然現れたよね」

「結局何が目的だったんだろうね」

いっそ聴覚を閉ざしたいと思うのに、若い同僚たちはアイシャドウやチークで顔を彩りながらあけすけな会話を続ける。共感こそが友情の本質とばかりに「わかる」「だよね」を連発し、その熱量を維持したまま次の話題へ移ってゆく。どす黒いものがじわじわと腹の底に溜まってゆく。重さを持ち、渦を巻き、手に負えない感情に育ってゆく。

小さな振動音が聞こえ、森が化粧直しの手を止めてトートバッグからスマートフォンを取り出した。数秒画面を見つめ、すぐにバッグにしまいこむと、溜息とともに言葉を吐き出した。

「友達がさあ、毎日毎日痴漢に遭うって愚痴ってくるの。正直うざくなってきちゃった」

「あー、アピールだよねそれ」

すかさず須永が同調する。うざい。アピール。尖《とが》った言葉が小夜子の中で跳ね回り、不協和音を響かせる。

「そうそう、『痴漢に狙われやすい私』アピール。だってその子さ、通勤着ミニスカとかなんだよ」

「うっわ。それは自分で引き寄せちゃってるよね」

自己責任ってやつだよね。森と須永が声を揃える。気道がぎゅっと狭くなり、鼓動が速まる。短くキープされた従姉の髪の毛が蘇《よみがえ》ったとき、小夜子の中で何かが弾けた。

「自己責任なわけない、ないですよ」

久しぶりに小夜子の存在を思いだしたような顔でふたりはこちらを振り返った。トラベル用の歯磨きセットを手にしたまま、小夜子は舌をもつれさせる。

「他人の体を許可なく触るほうが百パーセント、悪いですよ。ちか、痴漢に遭って、それでもう一生普通の恋愛ができなくなる人だっているんだから」

胸が締めつけられたまま話すのは、なんて難しいのだろう。ふたりとは微妙に目の合わない位置に視線を据えたまま、小夜子は肩で息をしながら言葉を継いだ。

トイレは水を打ったように静まり返った。

「……ごめんなさい」

須永がぺこりと頭を下げた。森もはっとした顔になり、須永に倣う。

「気づかなくてごめんなさい。そっか、だから衛藤さんって自転車通勤だし、いつもパンツスタイルなんですね」

「えっ」

予想外の角度から謝罪されて、小夜子は面食らう。憐《あわ》れみと慈愛《じあい》に満ちた顔で小夜子を見つめたふたりは、そっと視線を交わしながら手元をまとめ、ドアを押して出てゆく。昼休みが残り五分であることを告げるメロディーがスピーカーから鳴り響く。

いや、私の話じゃなくて従姉が。追いかけて誤解を解こうとして、やめた。そんなエネルギーは残されていなかった。それに、そのサンプル事例が誰の経験だとしても、同じことだから。


次の逢瀬はいつものホテルではなく、木戸が初めて小夜子のアパートを訪れるかたちとなった。

会社の近くで夕食を済ませてからこちらへ向かう旨のメッセージを受信し、小夜子は慌てて小さな六畳間を片づけた。テレビまわりに化学モップをかけ、精油の香りの空気清浄スプレーを振りまき、念のため風呂のカビ掃除をした。床に粘着テープを転がし、大切にとっておいたコーヒー豆の袋を開封した。客人をもてなすためというよりは、すべて自分の見栄のためだった。

木戸の妻ほどまめにシーツを洗う習慣は小夜子にはない。ひと月近く敷きっぱなしにしていたシーツを慌ててベッドから剝《は》がして洗濯機に放りこみ、洗濯済みのものに付け替えた。木戸家のものほど真っ白ではない、端の糸が少しほつれたシーツ。

エンジン音が聞こえ、窓に飛びついた。アパートの駐車場の自分の部屋番号が記されたスペースに黒いワゴン車が停《と》められるのを、小夜子はカーテンの隙間から不思議な気持ちで見下ろした。だん、だん、だん、だん。錆《さ》びた屋外階段を、木戸の足音が上ってくる。

母が地元産の有機野菜を詰めて送ってきたダンボール箱がインテリアの一部のように部屋に溶《と》けこんでいることに気づいたのは、チャイムが鳴らされる直前だった。慌てて足で蹴ってちゃぶ台の下に押しこむ。

「やあ、すまんね」

どこかの食事処のにおいを運んできた木戸は、へらへら笑いながら入ってきた。ちゃぶ台の前にどっかりと腰を下ろすと、小夜子の淹《い》れたコーヒーを無表情で啜《すす》った。彼がこの部屋にいるだけで、狭い空間がさらにぐっと圧縮されたように狭く感じられた。

「ごめんね。今回ちょっと金なくてさ」

「それは、合コンの飲み代を払ったからですか?」

文字通り自分のホームであるために常よりも気が大きくなったのか、胸の中にわだかまっていた気持ちが言葉になってするりと口から飛び出す。木戸は一瞬虫にでも咬《か》まれたような表情を浮かべ、下唇を突き出した。

「だってしょうがねえじゃん。幹事の男から急に体調不良で行けなくなったって泣きつかれたら、行くしかねえじゃん。支払いの男女比も決めてなかったって言うし。若手が金で揉《も》めるところなんて見たくないだろ」

人間は二種類に分かれる。都合の悪いとき、多弁になるか寡黙《かもく》になるか。木戸は完全に前者だった。

「楽しかったですか?」

「え?」

「楽しかったですか? 合コン」

「……なんだ、妬《や》いてんのかよお」

しまった、木戸にきっかけを与えてしまった。

この部屋で彼がどのようにセックスに持ちこむか画策する様子が見たかったのに、木戸はいともたやすくちゃぶ台の向かい側から膝歩きで小夜子の隣に回りこんできた。

「そもそも合コンなんかじゃないって。森に須永に、鈴……本社のメンバーだよ。二十も歳《とし》違うっつーの。俺なんて保護者だよ、保護者」

小夜子が背中を預けていたベッドに彼女の体を押しつけ、胸を撫で回しながら、木戸はべらべらと喋り続けた。

「でも、企画開発部の鈴木《すずき》さんと一緒に帰ったんですよね」

森たちの話から得た情報を口にすると、小夜子の小さな乳房《ちぶさ》の上を這う手の動きがぴたりと止まった。なんてわかりやすい男なのだろう。ショッピングモールで家族ごと遭遇したときですら余裕を見せた木戸が緊張しているのが、張りつめた空気とかすかに乱れた呼吸でわかった。

「……あんた、ずいぶん俺のこと好きなんだねえ」

しばらくののち、取り繕うようにことさら明るい声を出すと、木戸は小夜子をベッドに乗せてのしかかってきた。

本社の人間はアポなしでやってくる。特に営業部。「商談で近くまで来たから」と事業所で油を売ってゆく。こちらも業務中なのにお茶を出したり話し相手になったりと対応せねばならず、実質カフェ代わりにされることに、小夜子はいつももやもやしてしまう。

自分と同じ中途採用の坂崎も、いつのまにか本社の空気に染まってしまったらしい。繁忙期に備えてみんなが猛然と手を動かしている中、突然涼しげな顔で現れた。土産《みやげ》だという菓子の箱を須永に渡すと、「いや〜A社は手ごわいっすね、つらいっす」などとさほどつらくもなさそうに言いながらスーツの上着を脱ぎ、欠勤している社員の席に無断で座ってしまう。

一緒に入社研修を受けていたときはこんなふうじゃなかったな。小夜子の胸に隙間風が吹く。本社に置かれている企画開発部と営業部はエリート部署とみなされていて、全社員がそのつもりでふるまわなくてはならないことに、今更逆らうほどの気力も動機もないけれど。

「やだあ坂崎さんってば、彼女の顔が見たくなったんですかあ?」

「おいおい、デートは退勤後にしてくれよ」

ふたりが付き合い始めたことは既に周知の事実であるらしく、お決まりの冷やかしが若いふたりに投げかけられる。それらを受ける照れくさそうな、そしてどこか誇らしそうな姿を見ていると、小夜子は背中がむずむずしてくる。公私のラインが明確に引かれた場所のほうが、自分はなじみやすい。それに、他にもうひと組カップルがいるんだけどな、この会社。心の中だけでつぶやく。

「あ、あとこれお願いしまーす」

少し厚みのある社名入り封筒を、坂崎は経理課の机にぽんと投げるようにして置いた。経理課の中堅の女性社員が口元に皺《しわ》を作りながら中身を確認している。

経費の精算をする際、以前は紙媒体で提出していたレシートや領収証について、今年度からは電子証《しょう》憑《ひょう》としてデータ提出することが推奨《すいしょう》されるようになった。しかしスキャンするわずかな手間を惜しむ本社の人間たちは、これまで通り社内便に載《の》せたり、こうして事業所に立ち寄る人間にまとめて持たせたりする。社内便はともかく、持たされた人間が移動中にうっかり紛失でもしたらどうするのかと、経理課のひとたちは眉をひそめている。

土産の菓子がさっそく開封され、女たちが歓声を上げた。小夜子でも知っている有名なパティスリーのフィナンシェのようだ。

誰も動かないので、小夜子はコーヒーを用意しに給湯室へ向かった。

少し黴《かび》臭い引き出しから業務用コーヒー豆の袋を取り出して、きつく巻かれている輪ゴムを外す。使いこまれた旧型のコーヒーメーカーのミルに豆をセットする。「挽《ひ》き目は3に合わせること！　動かさない！」と手書きされた付箋《ふせん》が、全体をセロファンテープで覆うようにして貼りつけられている。何年前に貼られたのか、付箋もテープも褪せて茶色っぽくなり、コーヒーメーカーそのものをみすぼらしく見せている。

どんなコーヒー通の先輩が書いたものか知らないけれど、小夜子はいつも2と3の中間に目盛りを合わせて豆を挽く。このほうが絶対においしく入ると個人的には思っている。あれこれと小夜子を制限して育てた母だけれど、コーヒーをおいしく淹れるコツを伝授してくれたことには感謝している。雑に淹れられたコーヒーは、小夜子がこの世で最も許せないもののひとつだった。

来客がひとりのときは、ふたりぶん作ることになっている。余ったコーヒーは淹れた本人が消費するか、執務室で声をかけて希望者にふるまわれる。木戸にも飲んでもらったことが、そういえば何度かあった気がする。そうだ、あの花見会より前のことだった。どんな反応だったっけ――。かすかな記憶が蘇ろうとするのを、ごりごりと豆の粉砕《ふんさい》される音が阻害《そがい》する。

こうして業務中にみんなの元を離れてひとりでいると、風邪や生理痛で体育の授業を見学した中学生の頃が思いだされた。体育館の壁にぴったりと背中をつけて運動や競技に興じるクラスメイトたちを眺めていると、ふいにその光景が目の前からぐんと遠ざかり、自分が誰の目にも映らない細かい粒子になって砕け散ってしまうような気がした。あの心もとない感覚に身を任せるのが、小夜子は妙に好きだった。

豆の香りが狭い空間を満たしてゆく。壁に貼られた淡い緑のコピー用紙を見るともなしに眺める。数年前に社内で開催されたＳＤＧｓ川柳《せんりゅう》大会の結果だ。もう色褪せているのに、なんとなく貼りっぱなしになっている。社長賞を受賞しひときわ大きなフォントで掲載されているのは小夜子と面識のない他部署の社員の作品だが、入選作の中にはぽつぽつと知っている名前もあった。木戸の句も上位に入っている。『守ろうよキレイな海を未来まで』。

「手伝うよ」

背後から聞き慣れた声がして、小夜子はぎょっとしてふりかえった。いつのまにか木戸が立っている。狭い給湯室と廊下を区切る空間を塞ぐようにして、どこか怒ったような表情で。

「えっいいですいいです、木……課長は座っててくださいよ」

「じゃあ、見てる」

木戸の意図がつかめないまま、小夜子は手を動かす。ドリッパーの形に沿ってペーパーフィルターを折り、そこに挽いた豆を流し入れ、水をタンク部分に注《そそ》いでセットする。肉体関係があるとはいえ、木戸は管理職だ。じっと手元を見られているとひどくやりづらい。それにこんなところを誰かに見られたら自分たちの関係がばれてしまうのではないかとひやひやしながら、少し背伸びをして、備えつけの戸棚から来客用のコーヒーカップを取り出す。

「坂崎のこと、えろい目で見てただろ」

思わぬ言葉に足元がぐらつき、危うくカップを取り落としそうになった。

「はあっ⁉　見……見てたわけないじゃないですか」

「こーんなとろけた顔してたぞ、さっき」

両手のひらで目元から頬にかけてを引き下げて見せながら、木戸はなおも言う。

ぐぐっ、こぽっ、こぽこぽこぽこぽっ。コーヒーが抽出される音と香ばしい香りが広がる中、小夜子はようやく思いあたる。それは。その感情はまさか。

「じぶ、自分だって鈴木さんと、そういうあれになったんでしょう」

まとまらない思考のまま、あのときうやむやにされた話を蒸し返す。木戸の顔がわかりやすく歪《ゆが》んだ。鼻の下をごしごしとこすり、下唇を突き出してみせる。都合の悪いときの癖だという自覚はあるのだろうか。

「だからそれは、違うっつーの」

「でもその日、ふたりで帰ってそのあと——」

「あっ、課長！」

突如、木戸の背後から須永がぴょこんと顔をのぞかせた。ふたりともぎくりとして口をつぐむ。会話の片鱗《へんりん》が耳に入ったはずなのに、須永はするりと給湯室に入ってくる。目の前のふたりが密《ひそ》かな時間を持っていることなど夢にも思わぬ顔で。

「コーヒーですよね。あたし持っていきます」

小夜子の体を押しのけるようにしてシンクの前に立った須永は、タイミングよく抽出が終わったコーヒーをカップに注ぎ、スプーンやスティックシュガーと一緒にトレイに載せて執務室へ運んでいってしまう。小夜子の淹れたコーヒーを、自分が用意したような顔をして恋人に提供するのだろう。

「あんたんちで飲んだコーヒー、美味かったよ、こないだ」

花のような香りとともに立ち去る須永の細い体を見送りながら、木戸がぼそりとつぶやいた。

「あんたが淹れるコーヒー、なんか好きなんだよ」

褒められたのだと気づいてはっと顔を上げたときには、木戸の姿も執務室の中に消えていた。

給湯室にひとり残された小夜子は、来客用のコーヒーカップをもうひとつ戸棚から取り出した。サーバーに残ったひとりぶんのコーヒーを自分のために注ぎ、シンクに寄りかかり、立ったまま口に運ぶ。やや酸味の強い業務用コーヒーが喉を滑り落ち、胃にたどりつく。なんか好きなんだよ。たった今男が放った言葉を反芻する。今まで彼にかけられたどんな言葉より甘く心に溶けこんでゆく気がした。

きゃあっという歓声とどっと笑う声が、執務室から遠い海鳴りのように聞こえてくる。自分が戻ってこないことに、しばらく誰も気づかないだろう。そんな確信に満ちて、小夜子はひとりコーヒーを啜った。なんだかひどく疲れている。そのことをふと、自覚した。

カップの中身を飲み干すとそれをシンクに置き、小夜子は壁のＳＤＧｓ川柳を見つめる。色褪せたコピー用紙の四隅《よすみ》に順番に爪を立て、両面テープで接着されていたそれらを剝がし取ると、丸めてごみ箱に捨てた。きっとこれも、誰も気づかないだろう。掲示物の剝がされた部分だけ色の濃さの異なる壁紙を見つめて、小夜子はそんなことも確信する。

自分不在の空間から、また笑い声が聞こえてくる。次はあの小汚い付箋を剝がそう。小夜子はコーヒーメーカーに向き直る。動かすなと言われたものを動かしてゆくことでしか、この世界に自分の居場所を確保できないような気がして。

会社帰りに木戸のマンションを見に行くのは初めてだった。

ノー残業デーということになっている水曜日にもかかわらず、Outlookで管理されている共有の予定表に「会議（〜18：30）」と書かれているのを確認すると、小夜子は定時の十七時半ぴったりにタイムカードを押した。少し錆びた音を出すようになったみかん色の自転車を漕いで隣町まで走り、すっかり定位置となった場所で止まる。

呼吸の乱れる口元を象牙《ぞうげ》色のマフラーで隠しつつ、３０６号室の明かりを見つめた。うまく言えないが、予感があった。木戸の妻が出てくる予感。

はたして部屋の明かりが消され、ほどなくして妻が息子とともにエントランスから出てきた。毎週水曜日は長男を塾へ迎えに行くのが自分の役目だと、以前木戸が漏らしていたのだ。ということは送るのは妻なのだろう、と見当をつけていた。

「寒っ！　ああやだ」

羽織っていた薄手のコートをかき合わせながら、うつむいて歩く子どもと共に駅のほうへ向かっている。夫の情事などつゆ知らず、平穏な日々がどこまでもまっすぐ続いてゆくことを疑いもしない妻。その目の前に、小夜子は自転車を向けた。

ちりんと鳴らしたベルは、夕闇の降りた住宅街に思いのほか大きく響き渡った。母子の視線を感じながら、わざとゆっくり通り過ぎてみせる。心臓がうるさいくらい跳ね回っている。けれど心は意外に平静だった。

息子の手を引いてマンション側に一歩避《よ》けた妻が「あら」と口の中で小さくつぶやくのを、はっきりと耳でとらえた。その視線は小夜子の肩にかけた鞄に注がれている。

まだ市場に流通していない、新商品の防犯ブザー。紫色のカバ。

蛍光色に光って揺らめくそれを妻がいつまでも見つめているのを、小夜子は背中で感じ続けた。

「よけいなことしないでくれる？」

木戸が苛立《いらだ》ちを含んだ声で電話してきたのは、その夜の日付が変わる頃だった。神経が高ぶって寝つけずにいた小夜子は、ワンコールで通話ボタンを押してしまった。

「……何のことですか」

「とぼけるなよっ」

どこから電話しているのか、周囲も憚らない大声に、小夜子はスマートフォンから耳を離した。

「あれはまだ販売されてないって言っただろっ。会社の人間はもう全員持ってるからって苦しい言いわけして、やっと収めたんだぞっ」

「へえ、奥さんにも渡していたんですね」

小夜子が言うと、耳に流れこんでくるのはしばし沈黙だけになった。

「木戸さん、知ってますか？　カバが大口開けるのってあくびとかじゃなくて、戦闘態勢に入ってることを示してるんですって。威嚇《いかく》行動なんですって」

「……は？」

「もし奥様に民事で訴えられたら私、慰謝料請求されますよね。『相手が既婚者であることを知りながら不貞行為に及んだ場合』に相当しますから。そうなったらまずは最初のときの状況を細かく説明することから始めることになるわけですが」

「あんたさあ」

泥水のように濁《にご》った溜息と小夜子の知る限り最も低い声が、話を遮《さえぎ》った。

「どこまでいったら満足なわけ。どこに着地すれば満たされるわけ」

——そうか、私たち。

「最初から他人を受け入れる器なんて持ってないんだろっ、なあ」

——私たち、温度調節をまちがえて茹ですぎた、旨みの抜けたウインナーだったんだ、とっくに。

「もういいよ、好きにしろ。一生こじらせてろ」

ブツンと通話が途切れ、鼓膜を打つ終話音を聞きながら、小夜子の脳裏《のうり》に浮かんだのはなぜか、木戸のあの川柳だった。『守ろうよキレイな海を未来まで』。

ばっかみたい。スマートフォンを枕元に放りだし、布団の中で体をくの字に折って笑った。自分の家族の心の平安すら守れないくせに、地球環境を守ろうよだって。「キレイな海」だって。あはははははは。

乾いた笑いがいつまでも喉の奥からやってきて、痙攣《けいれん》を起こしたように止まらない。ひとりでシーツにぐしゃぐしゃの皺を作りながら、小夜子は身をくねらせて笑い続けた。


体調が優れず、出社できそうにありません。月末なのに大変申し訳ありません。

弱々しい声で会社に連絡を入れた小夜子は、しかしいつもの時刻にみかん色の自転車にまたがった。

北風にマフラーをひるがえし、通い慣れたルートで隣町を目指す。マンションのある角を曲がり、視線をいつもの角度に持ち上げると、真っ白にはためくシーツが目に入った。

おかしさがこみ上げてきた。小夜子をネタに喧嘩《けんか》をしておいて、結局セックスしたのであろう夫婦を滑稽《こっけい》に思った。

風を飲みこむように膨らみ、生き物のように形を変えながら動くシーツを首が痛くなるほど見つめ、小夜子はそれに火をつけるところを想像した。

黒く焦げて縮みながら、めらめらと燃えあがるシーツ。

それはうっとりする想像だった。

放火をしない代わりに、小夜子は自転車から降りると、そっとマンションのエントランスに近づいた。オートロックも管理人の常駐もないことはとっくに頭に入っていた。

集合ポストの前に立ち、肩にかけた鞄のファスナーからプラスチックのカバを取り外す。小さく息を吸いこみ、柔らかいカバの腹を親指でめいっぱい長押しした。

びびびびびびびびびびびびびびびびび。

非常音を鳴らす防犯ブザーを306号室の郵便受けに投げこみ、全力で走ってマンションを後にするつもりだった。しかし、郵便受けの中におかしな角度で詰まっているチラシがつっかえて、防犯ブザーが中へ入っていかない。無理やり押しこもうとする指先がじわじわと汗ばみ始める。

「……大丈夫ですか?」

マンションのエレベーターから出てきた住人に声をかけられ、小夜子は飛び上がった。両手にごみ袋を提げた白髪の女性は、郵便受けに手を突っこんでいる小夜子の全身に目を走らせ、次の言葉を考えている。

あ、あ、あ、あの。違うんです。違うんです違うんです。ぎくしゃくと言いわけしている間にも、防犯ブザーはけたたましい音を鳴らし続けている。女性の背後でエレベーターの階数表示が1になり、ドアが開いてさらに住人が出てくる気配がした。その段になってようやく小夜子は我に返った。全身の血が急激に熱を失ってゆく。

郵便受けから手を引き抜くと、そのはずみで防犯ブザーが床に落ち、カツンと硬質な音が響いた。びびびびびびびびびびびび。鳴き続けるカバをそのままに、エントランスをまろびでる。自転車のスタンドロックを蹴り上げてサドルにまたがる。震える足をペダルに載せ、住人たちの視線を断ち切るように北風に身を投じる。

走る。走る。あられもなく心を乱しながら。走る。走る。走る。どこでもいい、自分のにおいのしない場所へとこの自転車が連れていってくれることを願いながら。

どこかの喫煙所で会いましょう

「ね、お腹空《なかす》かない？」

ドラマのエンドロールと次回予告が流れ、ＣＭに切り替わったタイミングで、僕は声を発した。その唐突さに、有沙《ありさ》はけげんな顔をした。一緒にコース料理を食べて帰ってきてから二時間も経《た》っていないのだから、まあ無理もない。

「いやあ、お腹空いたなあ。やっぱりさ、フレンチって中華とかに比べてそんなにがっつりじゃないからさ、消化するの早いんだよね」

それでも僕はめげずに言葉を継ぐ。我ながら演技が下手《へた》すぎて嫌になる。けれど、今はちょっとしらじらしいくらいがいいのかもしれない。数分後に、いや一分後には、僕の意図が伝わるのだから。

「冷蔵庫にチーズがあるはずなんだけど、持ってきてもらえないかな」

「え？」

有沙の眉間の皺《しわ》が深くなる。動揺は、蠱惑的《こわくてき》な彼女の魅力をさらに引き立たせる。瞳に光が宿り、漆黒の髪が鎖骨のあたりで揺れて、ぞくりとするほど美しい。付き合い始めて今日で二年。その美しさに、僕はまだ新鮮に感動し続けている。

「なに？　チーズ？」

「そう。ほら、あの六ピースに切れてるやつ。冷蔵庫開けてすぐのとこに入ってるから」

「はあ……」

僕が彼女に何かを持ってこさせるなんてこと、普段はめったにない。突然のキャラぶれと不自然な指示に、有沙は困惑を隠せない。それでも緩慢《かんまん》な動作でソファーから腰を上げる。彼女をキッチンに近いほうに座らせることには成功していたので、この流れはそんなにおかしくない、はず。

すたすたとキッチンに向かう有沙の後ろ姿を見ながら、ごくりと生唾を呑《の》みくだす。黒いシフォンのワンピースの裾が、歩くたびに彼女のふくらはぎにまつわりつく。冷蔵庫の扉が開かれる音がした。

「あ」

有沙が小さくあげた声を、僕の耳はとらえた。

庫内から小ぶりな手提げ袋を取り出した有沙は、戸惑いの表情でこちらを振り返る。心臓がどくりと鳴って、その瞬間がとうとう訪れたことを僕は知る。武者震いした。落ち着け、落ち着け。

「これ……え……?」

白い紙袋を手にした有沙はいったん冷蔵庫の扉を閉め、その場に立ったままうつむいている。ブランドのロゴが金色で箔《はく》押し印刷されたその袋には、彼女への一世一代のプレゼントが入っている。

「どうしたー?」

わざとらしく声をかける。ここまで来ると、少しずつ演技が楽しくなってきている。

今日のデートに向かう前に仕込んでおいたサプライズ。青山のビストロで記念日ディナーを堪能して、彼女が毎週観ているドラマに間に合うように僕の部屋へ帰ってきてくつろいで、頃合いを見て彼女自身で見つけてもらえるように計算して。

「あれっ、気づいちゃった?」

その顔に歓喜があふれる瞬間を見るため、僕もソファーから腰を上げる。大股でキッチンに向かい、まだ硬直したように動かない恋人の顔をのぞきこむ。

何が入っているのか、開ける前から察したのだろう。きっと正解だ。ネックレスとかイヤリングじゃない。交際を始めてきっかり二年経った今日という日に贈るのに、最もふさわしいもの。タイミング的に、彼女にも予感があったのかもしれない。

「開けてみて開けてみて」

せっつくと、有沙はようやく指を動かした。袋の口を貼り合わせている楕円形のシールを剝《は》がし、白い小箱を取り出す。彼女が無言のままなので、「じゃじゃーん」と効果音を口で言ってみた。小箱の蓋《ふた》が開かれるのに合わせ、「ぱかっ！」と言い添える。

まばゆく繊細な光を放つ指輪が現れる。ピンクゴールドのエンゲージリングだ。

「……あー」

僕の想いの結晶を前に、有沙が低い声を漏《も》らす。そこで僕はようやく、彼女の顔が指輪のようには輝いていないことに気づく。眉間にはまだ皺があり、口元がわずかに歪《ゆが》んでいる。

「ごめん、デザインとか気に入らなかった？」

不安を押し殺して明るく声をかけると、有沙はふるふると首を振った。黒髪が揺れて、彼女の香水と体臭と煙草《タバコ》の混じった独特の香りがした。僕の好きな、有沙の香り。

驚きすぎてうまく感情を発露できないだけかもしれない。彼女にはそういう、ミステリアスな部分がある。だからもっと知りたくなるのだ。

「とりあえずまあ、はめてみてよ。ねっ」

有沙の薄い肩を押してダイニングテーブルまで進み、その手から手提げ袋と小箱を取ってテーブルに置いてやった。小箱の台座から指輪を抜き取る。冷蔵庫の中で何時間も冷やされていた金属に、僕の体温がじわじわと移ってゆく。

「手、出して」

やさしく促した瞬間、有沙は弾《はじ》かれたようにぱっと顔を上げた。

「ちょちょちょちょ、ちょっと待って」

「……待つよ?」

口の端を引き上げ、大人らしい落ち着きを示して、僕はゆったりと微笑《ほほえ》む。

「あの、えっと、もしかしてこれって」

「祖父江《そふえ》有沙さん」

んんっ、と喉《のど》を鳴らして声の調子を整え、厳かに言葉を放つ。生涯に一度しか言わないであろう台詞《せりふ》を。

「僕と結婚してください。……結婚、しましょう」

言った。ああ、ついに言えた。指輪を持ったままの手が、喉が、震える。

有沙は口を半開きにして僕の手元を見つめている。その感情にやはり驚き以外の何かがある気がして、僕は必死に読みとろうとする。

「……あの、さ」

ゆっくりと瞬《まばた》きをした有沙が、遠慮がちに切りだした。

「嬉《うれ》しいです、嬉しいんだけどね」

「うん」

「これってつまり、婚約指輪ってこと……?」

「そのつもりだけど」

どうやら雲行きが怪しい。焦りと苛立《いらだ》ちが僕の余裕を削ってゆく。なぜすんなり受けとってくれないのだろう。

清水《きよみず》の舞台から飛び降りる覚悟で、とまでは言わないが、それなりに思いきった金額を注《つ》ぎこんで購入した指輪。今年の夏に三十歳になる恋人。二年間という交際期間。交際記念日のプロポーズ。どこかにおかしなところがあっただろうか。彼女に結婚願望があることは、付き合い始めたばかりの頃から知っているのだし。

「……andE《アンドイー》だよね、これ」

視線をテーブルの上の紙袋にずらして有沙は言う。指輪を購入したブランドのことだ。

「え、うん」

うなずくと、有沙は下から糸で引っぱられたようにがくんと頭《こうべ》を垂れた。は――っという深い溜息《ためいき》とともに。

「達《たつ》ちゃん、知らないの？」

「なにを」

「だから……andEってさ、彼氏にもらったらがっかりすることで有名なんだよ！」

彼女の叫ぶ声が、小さく壁に反響する。しびれを切らしたような様子だった。「がっかり」という単語が胸に突き刺さる。

「ねえ、ちゃんとリサーチしたの？　買う前にSNSで検索とかした？」

そこまではしていない。喉が引きつり、唾を呑みくだすごくりという音が鳴った。

百貨店に足を運び、アクセサリーフロアを見て回って、自分が心惹《ひ》かれた店のショーケースから心惹かれた指輪を選んだだけだ。自分の足で歩き、自分の目で選ぶことに意味があると思ったから。

「ａｎｄＥはたしかにかわいいしブライダルシリーズもあるけど……でもやっぱりカジュアルすぎるっていうか、二十歳前後ならまだしもっていうか」

勢いを得た有沙はさらに言いたてる。その語気の強さに僕は圧倒される。

「あたしにハイブランド買い与える価値があるとかないとか、そういう話じゃないよ？　そういうこと言いたいんじゃないけど、でも希望を訊《き》いてくれたってよかったのに。だって大きな買い物でしよ？」

彼女が指輪のブランドにそこまでこだわりを持っているなんて知らなかった。鞄《かばん》ならヴィトン、靴ならプラダ、ネックレスならティファニー。その程度の大雑把《おおざっぱ》なイメージなら、僕だって持っている。

だけどもう、高価なブランドものを贈り合う時代は過ぎたんじゃないだろうか。それに、サプライズで贈られることの多い婚約指輪は、贈る側の好みやセンスや経済状況が優先されて然《しか》るべきではないのだろうか。僕が世事に疎いだけなんだろうか。

「……そしたらさ、結婚指輪は有沙が選んでいいから……」

めでたい瞬間になるはずの時間に、そんな卑屈な言葉を漏らしてしまうことが情けなかった。受けとってもらえない指輪を、いっそ自分の指にはめてしまいたくなる。そんな僕に、さらに辛辣《しんらつ》な言葉が浴びせられる。

「あたしまだ、達ちゃんと結婚するって決めてないよ。もうちょっと考えさせて」

いっ、と声にならない呻《うめ》きをあげて目を押さえると、すかさず「磯貝《いそがい》さん、大丈夫ですか？」「目ですか?」といくつもの声がかけられた。ごみか何かが入ったようで痛む旨をつぶやくと、横からさっと手鏡が差し出された。

ありがたく受けとった手鏡を右手で持ち、左手で左目をこじ開ける。痛みのあまり、目尻から涙の粒がころりと転がり落ちる。手鏡の角度を変えながらのぞきこむと、上まぶたの端から細い埃《ほこり》の先端が飛び出ているのが見えた。それを引っぱり出すと同時に痛みは消え、ほっと安堵《あんど》する。細いとはいえ二センチ近くもある、糸状の埃だった。

「ありがとう、助かりました」

貝殻みたいに二つ折りになるタイプの手鏡をぱちんと閉じて、隣の席の桑子《くわこ》さんに返す。総務部は女性社員が多いので、ちょっとしたときにその細やかさの恩恵を受ける。なぜだろう、女性というのは誰かの不調のサインをぱっと読みとる能力に長《た》けている人が多い。ただ感心するばかりでそれに甘え続けるのもよくないとは思うけれど。

ティッシュで押さえるようにして涙を拭い、仕事に戻る。社内の中間管理職を対象としたハラスメント対策セミナー、その外部講師を手配するために集めた見積もりを比較検討していたのだった。この春から係長になった自分自身も出席対象なのでことさら慎重になってしまっていたが、そろそろ講師を決定して稟議書《りんぎしょ》を上げなければならない。

「講師の名前のところだけ空けて、先に資料を作っちゃっていいですよね?」

手鏡を貸してくれた桑子さんが隣から訊いてくる。うなずきながら、そのきらりと光る手元にそっと視線を走らせた。右手の薬指にはまった銀色の指輪は、彼氏からのプレゼントだろうか。あのとき拒まれたピンクゴールドの指輪を思って、胸がちくりと痛んだ。

結局あの日、有沙は指輪を受けとることなく帰宅してしまった。「メグに呼ばれたから」とかなんとか言って、友達のところへ行ってしまったのだ。

以来、メッセージを送ってもそっけない返事ばかりで、会おうと誘っても乗ってこない。ひとりで卵の殻の内側みたいな閉ざされた場所にこもってしまったみたいだ。目の中に入った埃がいつまでも取り除けないような痛みや違和感を抱えたまま、二週間が過ぎた。

プロポーズなどしなければ、予定通り僕の部屋で甘い一夜を過ごせたのだろうか。普通の平和な日々が続いていたのだろうか。後悔しているのとはちょっと違うけれど、それを考えるたび複雑でやるせない思いに包まれる。喜ばれないプレゼントの開封に擬音語まで添えた自分がまぬけな道化のように思えて、恥ずかしさに叫びたくもなる。

あれより前から有沙があまりノリがよくないことは、なんとなくだが気づいていた。笑顔よりも真顔の比率が増えた。一緒にいてもどこかよそよそしく、以前のように自分から会話を広げてくれることが減った。ふたりに流れていた親密な空気がわずかに薄まってしまったように感じていた。

でも、その原因を分析するのが僕は怖かった。現実を直視したら、ふたりの未来が変わってしまいそうで。気心の知れた仲だからこそ肩の力を抜き素の自分を見せてくれているのだと、都合よく解釈することにして。しかし、もはや悠長に構えていられる局面ではない。

本当はわかっている。僕の実家に連れて行ったときからだ。彼女の様子がどこかおかしくなったのは。

今年の五月の大型連休、僕は初めて有沙を連れて帰省した。交際が深まってきた彼女に、自分の故郷を見せておきたくなったのだ。十二年前に他界した父に線香をあげるためでもあったし、僕を彼女の両親に会わせてもらうきっかけになればという思いもあった。

千葉県いすみ市。いわゆる平成の大合併により三つの町がくっついて市政が始まった、房総半島の南にある小さな町だ。東京から電車を乗り継いで二時間ほどかかるので、ちょっとした日帰り旅行だった。

「わー、テレビとかでよく見るやつだー！」

くすんだ黄色の一両列車に乗って、有沙は上機嫌だった。夷隅川《いすみがわ》にかかる橋を渡るときには、子どものように歓声を上げた。本当は二月から三月にかけての菜の花の見頃や、桜の満開の時期が最も美しいのだけれど、新緑が目にまぶしい五月もすばらしい。どの駅のホームにも鉄道マニアらしき男たちが大きなカメラを構えていて、撮影にいそしんでいた。

最寄駅からバスを乗り継いで自宅に着くと、母がにこやかに出迎えた。途中で昼食を済ませてきた僕たちに紅茶を淹《い》れ、タルトやクッキーでもてなしてくれた。

「おいしい！　これ、どちらのお店のですか？」

やや過剰なくらい愛想をふりまきながら出されたものをぱくぱく食べる有沙を、母は気に入ったようだった。

「これ、哲《てつ》ちゃんが作ったのよ」

「哲ちゃん？」

「うん。達樹《たつき》の兄の哲哉《てつや》」

「ああ、そういえばお兄様いらっしゃるって……」

有沙には事前に、母と兄に会わせると伝えていた。

「ごめんね、初対面の人が苦手で部屋に引きこもってるのよ。せっかく遠いところ来てくれたんだから、ちょっとくらい顔出せって言ってくるわ」

よいしょっ、と母は年寄りくさいかけ声をかけて立ち上がり、居間を出て階段を上っていった。ややあってふたりぶんの足音が近づいてきて、兄の哲哉が母に付き添われてのっそりと顔を出した。

「ほら、ご挨拶くらいしなさい。達樹の彼女の有沙さんよ」

まるで幼児に対するように促された兄は、おどおどと視線を宙《ちゅう》にさまよわせながら、お、お、う、と喉から漏らすような声を出した。僕の隣で、有沙が身を硬くしているのがわかった。

結局兄は名乗ることすらせず、また母に付き添われて自室へ戻っていった。僕にとっては昔から変わらない、いつもの兄だった。

「ああ見えて毎日ちゃんと働いてるのよ。クッキーとかケーキとか作ってるの。バスで通える距離に作業所があってね、ほんとに助かってるのよ」

母はとりなすように言ってさらにお菓子を勧めたが、有沙はもうそれらに手を伸ばさなかった。明らかにテンションが落ちていた。話が盛り上がることはもうなく、ぎこちない空気は最後まで拭えないままだった。

「どうして教えてくれなかったの？」

帰りの電車の中で、有沙は静かに困惑をあらわにした。

「別にたいした意味はないよ。障害があるからって特別視するのもなんか違うって思ってるから」

僕が答えると彼女は黙りこみ、ああ煙草吸いたい、とぽつりとつぶやいた。車窓から見える美しい夕焼けについて語り合えないのが悲しかった。でもこれが「普通の人」の反応なんだろうなと、ある種の覚悟や諦めのようなものも感じていた。

兄の哲哉には、中等度精神遅滞がある。

公立小学校では支援学級に在籍し、中等部から特別支援学校に入った兄は高等部卒業後、就労継続支援B型事業所という種類の作業所に通っている。働いて工賃をもらい、母と助け合って生きている。誰にも迷惑をかけず、社会の一員として。

障害者である兄を支えて暮らしていた頃は、僕にもたくさんの苦労があった。家族には言えないような苦い経験もある。年相応の幸福に身を浸したいと泣いた夜もある。

それでも、兄の就職後は家庭から離れることが許され、東京でひとり暮らしをしながら人並みにいきいきと働くことができている。友人や同僚にも恵まれ、ひとつ年上の美しい恋人までいる。

人より時間がかかったけれど、ようやく人生が軌道に乗ったという実感を持てるようにまでなっていた。それなのにどうしてまた、こんなところでつまずいてしまうんだろう。


誰もが思っていても口に出さないことがある。たとえば、避妊具が幼い頃遊んだ水風船に似ていること。体から取り外してきゅっと結ぶたびに、絶対にみんな思いだしている。祭りの日に水を張ったプールから掬《すく》うまんまるの水ヨーヨーではなく、公園の蛇口なんかから直接水を注いで膨らませる、あのゴムの風船。好きな子にわざとぶつけてその太腿《ふともも》で破裂させ、本気で泣かれたことがあった。

小さく萎《しぼ》んだ避妊具を自分の体液ごとティッシュに包んでごみ箱に投下し、床に落ちていたトランクスを拾ってのろのろと身に着ける。賢者タイムとはよく言ったもので、セックスの直後は先刻までの興奮状態が気恥ずかしく、思考がやたらと明晰《めいせき》になる。煙草かコーヒー、あるいはその両方を激しく欲している。

シャワーを浴びて戻ってきた有沙が、ガラス窓を開けて網戸にした。ふたりぶんの汗と体液のにおいでよどんだ空気が、ゆっくりと新鮮なものに入れ替わってゆく。灰皿の載《の》ったガラスのサイドテーブルを引き寄せてベッドの端に腰かけ、有沙は俺より早く煙草に火をつけている。本人は太いと気にしているらしい長い脚を組み、あまりにも美味《うま》そうに吸っているので、俺も手早く衣類を身に着けて煙草の箱に手を伸ばす。

「そもそも演出がサムいんだよねー」

セックスの直前まで聞かされていた彼氏に対する愚痴が、再開された。二週間前、夜遅くにいきなりうちにやってきたときのことだ。センスのないプロポーズをされたのが不快で、彼氏の部屋を飛び出してきたのだと言っていた。

「『ね、お腹空かない？』とか言ってさ、あたしに冷蔵庫開けさせるの。そんだけもったいぶっておいてandEなんだよ、信じられないよね？」

粘ついた声で彼氏の口真似《くちまね》をする。きっとそれなりに似ているのだろう。だはは、と笑って相槌《あいづち》を打つ。既に何度も聞いた話だけれど、交わった後のけだるさにはちょうどいい。

紫煙《しえん》とともにとめどなく吐き出される愚痴を、セックスで満たされた俺は寛容な心で受けとめ、右から左へ聞き流す。セックスフレンドのひとりである彼女の細かい事情に、そこまで深く心を寄せたり干渉したりしない。女に限らず他人に執着《しゅうちゃく》しないことは、俺のポリシーのひとつだ。

「エンゲージリングってさ、親にも同僚にも友達にもブランド訊かれまくるんだよ。『andEです』

だなんてどんな顔して言えばいいわけ？　ＳＮＳであれほど論争になってるの知らないってちょっとやばいよね？　どんだけ浮世離れしてるんだよって感じ」

「まあでもさー、ちょっと不器用でピュアなだけで、優しい彼氏くんなんじゃね？」

あまりの言われようにうっすら同情を覚え、顔も知らない男をかばうようなことを言ってしまう。でも実際、そう思う。固定の恋人がいた頃も、俺はそんなサプライズを仕掛けたことなどない。冷蔵庫にアクセサリーを入れておくなんて、どんなふうに生きていたら思いつくのだろう。

「まあそうだけどさー。なんでも『不器用』を免罪符にするのって、なんかずるいと思う」

「でも『優しさ担当がいなきゃ生きていけない』って言ってなかった？」

それで俺は性欲担当だろ？　という言葉を呑みこんで立ち上がる。一服したらやはりコーヒーが欲しくなった。小さなキッチンで湯を沸《わ》かす。俺も有沙もコーヒー党だから、彼女が以前にも増して足繁く通ってくるようになった最近は、瓶《びん》入りのインスタントコーヒーを大量に買《か》い溜《だ》めしてある。

「コーヒースプーン一杯を目安に」と書かれているところをたっぷり二杯入れ、ブラックのままがぶがぶ飲むのがふたりとも好きなのだ。

いつも通りの濃いインスタントコーヒーをマグカップに注ぎ、サイドテーブルに運ぶ。

「ありがと、寿《ひさし》」

小さく言いながら吸い殻を灰皿に押しつけるその指先は細くなめらかで、出会った頃を思いだした。性欲が少しだけ戻ってくるのを感じながら、熱いコーヒーにゆっくり口をつける。

有沙と出会ったのは去年の夏で、西新宿《しんじゆく》のスペインバルの喫煙所だった。当時つるんでいた仲間に駆りだされた合コンがあまりにもつまらなくて、いつもより長く喫煙タイムをとることで反発を示そうとしていた。

男ばかりが集っていたその空間で、ひとりだけ女性の有沙はひどく目立っていた。昔の映画に出てくるあまり売れない女優みたいな雰囲気を纏《まと》い、なにかに倦《う》んだような表情でスパスパと煙草を吸っていた。胸元が大きく開いた黒いワンピースに、同じくらい黒い髪。腰も足首もきゅっと締まっていて、唇と爪は血みたいな赤に塗られていた。繊細そうな細い指先で煙草を挟み、首を反らせて豪快に煙を吐き出す彼女に、どうしても目が引き寄せられていた。今流行《はや》りの量産型ゆるふわ美人とは一線を画す、どこか退廃的な美しさだった。

「なに？」

さすがに視線を浴びせすぎたのだろう。背広のおっさんたちが立ち去ってふたりきりになったタイミングで、彼女のほうから声をかけてきた。怒っているというよりは、笑いをこらえたような、共犯者みたいな含みを持たせた「なに？」だった。

「同い年くらいかなあと思って」

軽妙な返しがするりと口から出てきた。

「二十九。に、なったばっかり」

彼女は律儀《りちぎ》に教えてくれた。

「おんなじじゃん」

俺が言うと、彼女は口から白い煙を吐き出しながら笑った。その瞬間にはもう、俺たちが体の関係になることが決まっていたように思う。

ゲーム開発会社の品質管理部門でデバッガーとして働く俺は、コロナ禍以降リモートワークが基本になり、だいたいいつもこの煙草くさい部屋にいる。もともと裁量労働制なので、気の向いたときに一気に作業を進め、まとまった休みを作ることもできる。

そんな俺は物好きな女たちにとっては都合のいい存在らしく、引っかけたり引っかけられたりして関係の始まったセフレたちがさかんに出入りする。有沙もそのひとりとして加わった。同じ小田急線沿線に住んでいることも都合がよかった。なんなら、板橋《いたばし》に住んでいるという本命の彼氏よりも俺のマンションのほうが、彼女の自宅から近い。

ぐずぐず続いた梅雨《つゆ》が明け、来月には彼女との関係が始まって一年経つ。俺のもとへ通ってくる女たちは数か月もすると自然にフェイドアウトしてゆくが、有沙は週に一度はきっちりやってくる。体の相性が抜群にいいことは、口にせずとも互いに感じているはずだ。

獣のように交わって、煙草とコーヒーを大量に摂取し、終電までに帰っていく。ヤニ中毒にしてカフェイン中毒のくせに、実家暮らしのお嬢様なのだ。こんな時代に「家事手伝い」などという身分を臆面もなく名乗っている。

「三十歳までには結婚したいんだよねー。いつまでも独身だと親もうるさいからさあ」

口癖のようにそう言いつつも、彼女は俺との関係をやめない。俺と出会う前から付き合っている彼氏とも、何食わぬ顔で続けているらしい。俺の名字が「目黒《めぐろ》」なのを利用して「メグ」という女友達がいる設定にしているらしいのは、さすがに笑ってしまう。

そういうずるさも含めて彼女のことをわりあい気に入っているのかもしれないと、俺は最近自覚し始めている。ずるくて、口が悪くて、えろくて、暇な女。有沙が帰ったあとの部屋は、やけにがらんとして見える。終電で最後のひとりになったときみたいに。

枕に残っていた長い黒髪と自分の茶髪をつまみあげ、意味もなく眺める。ごみ箱に捨てようとすると、ティッシュにしっかり包んだはずのさっきの避妊具のピンク色がかすかに露出しているのが見えた。髪の毛はその上にはらはらと舞い落ちた。


兄が二歳になり僕が生まれる頃、母は少しずつ彼の特性に気づき始めたらしい。

絵本やテレビに興味を示さない。言葉の習得が著しく遅く、簡単な会話もできない。じっと座っていることができない。たびたびかんしゃくやパニックを起こす。極端な偏食や持ち物へのこだわりがある。友達の輪に入れない。

弟の僕の成長と比較するにつけ、兄の育てにくさや生きづらさが顕著になっていったそうだ。

僕が保育園に入る頃には母は兄を連れて然るべき機関を回り、知的障害を伴う自閉症だと診断された。それでも特別支援学校ではなくあくまで公立の小学校に入れることにこだわったのは父だった。「哲哉は普通の子どもだ」「ちょっとくらい人と違うところなんて誰にでもある」などと言い張り、医師の診断を頑《かたく》なに受け入れなかったという。支援級に通わせることに承諾を得るだけでも大変だったと、のちに母は溜息混じりに語っていた。

僕が小学生になってからは、ふたり一緒に下校した。学年が上がるにつれ、支援級の兄よりも普通級の僕のほうが授業が終わるのが遅い日も増え、そのような日は兄は校庭の隅で遊びながら僕を待っていた。他児に迷惑をかけるおそれのある兄を学童に入れることはできなかったし、当時はまだ放課後等デイサービスのような施設はなかったから。

障害があっても心は清らかで優しい兄を、僕は好きだった。たっちゃん、たっちゃん、と家でも学校でも僕を追いかけまわす兄。他人には激しく人見知りするくせに弟である僕への興味は強く、同じものを持ちたがったり言葉やふるまいを真似たりするのだった。

兄のかんしゃくやパニックが起きている間は、早く嵐が過ぎるようにと目をつむって祈った。兄はイレギュラーな事態に弱く、いつもと違うことが起きただけで激しく心を乱し、床にものを投げつけたり壁を蹴ったり吠《ほ》えたりした。睡眠障害も重く、夜中に起きて叫んだり歩き回ったりする日々が何年も続いた。父は「黙らせろ!」と怒鳴《どな》るだけで、連夜ひとりで対応する母はどんどん衰弱《すいじゃく》し、倒れそうになっていた。

病院で向精神薬《こうせいしんやく》を処方されるようになってから、兄の情緒《じょうちょ》や睡眠は少しずつ落ち着いていった。加齢とともにゆっくりとだが言葉の理解も進み、コミュニケーションがとりやすくなった。小学校を卒業する頃には、障害者手帳の等級も取得時より下がったらしい。

市の相談支援専門員が母とともに頑固な父を説得し、兄は中等部から特別支援学校に入学した。やっとひと息ついたとばかりに母は小料理屋で働き始め、その頃から僕の放課後が変わった。学校を終えてマイクロバスで帰ってくる兄を指定の送迎ポイントまで迎えに行くのを、母と僕で分担することになったのだ。僕が五時間目までの日は遅番、六時間目まである日は早番というふうに、母が職場にシフトを出したから。

自分の当番の日の放課後は、すぐに帰宅しなければならなかった。まず風呂を洗っておき、兄を引き取りに行く。同乗の先生から差し出される用紙に判子《はんこ》を押し、兄の手を引いて一緒に帰宅する。兄がトイレと手洗いとうがいを済ませるのを見守り、水分を与え、入浴をサポートする。交代で風呂を済ませたら、母が仕事に行く前に作っておいてくれた料理を温めてふたりで食べる。夕食を終えてふたりぶんの食器を片づけ終わる頃ようやく母が、続いて父が帰ってくる。

迎えの当番がない日も、できるだけ早く帰った。ひとりで兄の世話や家事に追われる母を思うと、そうせざるを得なかった。教室に居残って同級生と語らったり、友達と予定を入れて遊びに行ったりできる放課後は失われた。

小五から高一の終わりまでの六年間、そんな生活は続いた。人並みに野球やサッカーの好きな少年だったけれど、夕方遅くまで拘束されるスポーツ部で活動することはできなかった。英語部や科学部など、せめて少しでも勉強を補えるような実利的な部活を選んで短い放課後を過ごした。高校だって、比較的自宅から近いという理由だけで選ばざるを得なかったのだ。

兄の障害や特性から目を背け、特別支援学校にも療育にもノータッチを貫いていた父を恨むことはあったが、家事と育児と仕事で手いっぱいの母のことは、ともに兄を守り支える同志のように思っていた。家族をケアするためにある程度の犠牲が生じるのは当然だと割り切り、友達に憐《あわ》れみの目を向けられても平然とふるまってみせた。

ただひとつだけ、母に言えなかった不満がある。

高校一年の秋、学園祭のときだった。クラスの出し物としてメイド&執事カフェをやることになり、準備期間から僕ははりきっていた。みんなでメニューや衣装や演出を考え、買い出しや製作に励むうちに、クラスの絆は自ずと強まっていった。

その中にいた綿貫瑠那《わたぬきるな》という女子に、僕はひそかに想いを寄せていた。彼女のメイド姿が見られるというだけでも学園祭は極上のイベントに思えたのに、話す機会がうんと増えて、途中まで一緒に帰ることとさえできたのだ。彼女からも嫌われていない気がした。それどころか好意の片鱗《へんりん》のようなものさえ感じていた僕は、すっかり舞い上がっていた。

当日、ウィッグとスーツで白髪頭《しらがあたま》の執事に扮《ふん》した僕は、メイド姿の綿貫瑠那や同級生たちと一緒に接客をこなした。カフェは好調だった。飲食系のアルバイトをしているメンバーがキッチン担当を引き受けてくれていて、僕たちは次々に訪れる在校生やその関係者、教師など、来た客をどんどん捌《さば》いていった。一緒に写真を撮りたいと所望《しょもう》する客がいれば写ってやり、ちょっとしたショータイムには執事同士でカラオケも披露《ひろう》した。もしかして、これが青春ってやつかな。労働の汗を心地よく流しながら思った。

そろそろ休憩というとき、廊下の向こうから見慣れた人影が現れた。それが自分の母と兄だと気づいた瞬間、他人のふりをしようか逡巡《しゅんじゅん》したことを、僕はその後長きにわたって苦く思い返すことになる。

「達ちゃーん！」

僕の姿を認めるなり、母はぶんぶんと手を振って呼びかけてきた。頭に大量の寝ぐせをつけ、毛玉だらけのグレーのトレーナーとベージュのチノパンを穿《は》いた兄が、きょろきょろと落ち着かない視線をあちこちにさまよわせながら、母に手を引かれて進んできた。高校三年生らしからぬそのぎくしゃくした挙動や垢抜《あかぬ》けないいでたちは、それだけでたっぷりと人目を引いていた。

「やーだあ、すごい恰好《かっこう》！　お父さんにも見せたいわあ」

「いらっしゃいませ……あれ、今日来るって言ってたっけ？」

「いやあ、哲ちゃんが珍しく調子良さそうでさ、達ちゃんの学校見てみたいって言うもんだから」

びっくりさせようと思って。そう言って微笑む母に悪気がないのはわかっていた。でも、一歩深く考えてみてほしかった。家庭以外の場所では、僕は兄のケア要員ではいたくなかった。磯貝達樹としてのかけがえのない時間を謳歌《おうか》していたかった。

「たっ、ちゃん」

兄がぎこちなく声をかけてきた。その独特の発声に、綿貫瑠那がびくりとするのがわかった。初めての場所が苦手なはずの彼が頑張ってやってきたことは評価すべきだとわかっていても、僕はうまく微笑み返すことがどうしてもできなかった。

その直前まで親しく会話していた綿貫瑠那は、もう僕と目を合わせようとしなかった。「え、磯貝の兄さんって……」「しっ、聞こえる」そんな同級生たちのささやき声が耳に入るたび、呼吸がどんどん浅くなっていった。

僕の心の恐慌に気づくことなくアイスコーヒーとオレンジジュースをオーダーし、ふたりは機嫌よく居座った。一秒でも早く帰ってほしい。接客しながらひたすら願った。僕は、自分の兄を恥ずかしいと思っていたのだろうか——。己の心の闇と向き合わされるのは、高一の身にはあまりにも重く苦痛なことだった。

その日以降、僕はクラスで腫れ物に触るように扱われ始めた。露骨ないじめを受けたわけではない。でも、親しくしていた奴《やつ》らを含めて全員と、薄いガラスで仕切られたような距離ができたのを肌で感じた。綿貫瑠那は別の執事役だった男と付き合い始めた。

兄が高等部を卒業する直前、父が突然倒れ、あっけなく帰らぬ人になった。くも膜下《まくか》出血だった。

自分の長男が障害者であることを、最後まで認めないまま逝ってしまった。見えないことにしてしまえば現実にならない、そんな幼稚な理念を貫き通した。「それでも、仕事が大変だったのは本当なのよね」清められた遺体と対面した母は、ぽつりと漏らした。葬儀には黒装束に身を包んだおじさんたちがわんさか詰めかけ、父の勤め先の社名が入った立派な花輪がずらりと飾られた。

就労継続支援事業所ではなく一般企業に無理やり入れようとさえしていた父が亡くなったことで、母の精神的負担はむしろ軽くなったようだった。障害者の家族にとって、家庭内で意見やスタンスが割れていることほどやっかいな困難はなかったから。

伴侶を失ったわりに母の表情がさっぱりしていることは救いだったものの、既に「障害者の兄を持つ磯貝達樹」として学年で有名になってしまっていた僕が高二から学校生活を輝かせることなど、そう簡単にできるわけはなかった。さらにはひとり親家庭になったことで、憐憫《れんびん》の視線が痛いほど突き刺さり、目立たないように生きるのに心を砕き続けることを余儀《よぎ》なくされた。いくら父の死亡保険金や国からの福祉手当があるとは言え、僕を大学に入れるゆとりなどないことはたずねなくてもわかった。

でも、その頃から少しずつ、僕は人生を立て直していった。好きなことになんでもチャレンジできる身ではないことを受け入れるのに慣れていた。制限された範囲でたくましく生きる力を身につけようと思った。高校卒業後の人生に賭けることにした。

作業所で働き始めた兄は、市営バスで通勤して自力で家まで帰ってくるようになった。ぽっかり空いた放課後を、僕はコンビニでのアルバイトに費やしてせっせと金を貯めた。十八歳になったその日に自動車教習所に申しこんで最短で免許を取得し、新卒採用に高卒を対象とする企業の情報を集め続けた。

そうやって、東京でひとり暮らしをするための足がかりを着実に作りあげていった。生まれ育った自然豊かな町が嫌いになったわけじゃない。でも、誰も僕のことを知らない世界で暮らしたかった。兄を母に押しつけて出ていくことに申し訳なさはあったものの、日々のルーティンがこなせるようになった兄の成長を鑑みて母は同意してくれた。

今で言うヤングケアラーだった僕を高く評価してくれた紡績会社で、僕は総務部総務課に配属された。出世コースでないことは明らかだったけれど、マルチタスクや他人のサポートが苦にならない僕にとってはベストな配属だったと思う。上司も同僚も穏やかで聡明な女性ばかりで、幅広い業務に携われる変化に富んだ毎日は楽しかった。

自分の人生の本番が、ようやく始まった気がした。めいっぱい働いて、実家への仕送りも続けた。テニスの社会人サークルに入って交流の輪を広げ、初めての恋人もできた。

友人の友人だった有沙と付き合い始めた頃には、男女の機微《きび》がわかるようになったと自負するまでになっていた。でもそれは、どうやら大いなる勘違いだったみたいだ。

数年ぶんくらいありそうな大きな溜息の塊を吐いたとき、スマホの画面が久しぶりに恋人の名を表示した。

車窓から入りこんでくる潮のにおいが、日焼け止めや煙草のにおいと混じり合う。海風に吹かれて、有沙の黒い髪が形を変え続けている。

「運転、うまいんだね」

海に視点を据えたまま、有沙がぽつりとつぶやいた。風に吹き飛んでしまいそうなその声を、どうにか耳でキャッチする。彼女にいいところを見せたかったのは事実なのに、いざ褒められるとどうにもこそばゆい。

それにしても、運転技術が鈍《なま》っていなくてよかった。節約のために車を持たない暮らしを続けているけれど、体が運転を忘れないよう、月に一度はこうしてレンタカーを借りて走ることにしている。でも万一のことを考えて、他人を乗せないようにしていた。有沙とのドライブもこれが初めてだ。

東京のベタ踏み坂などと呼ばれるゲートブリッジを通って台場《だいば》周辺をぐるぐる回り、台場インターチェンジから首都高へ。都心環状線、いわゆるC1の内回りを一周し、湾岸線を横浜方面へ走らせてゆく。

大黒《だいこく》線と分岐するあたりでパーキングエリアに寄り、少し遅めの昼休憩をとった。駐車場は色とりどりの車やバイクで過密状態なのに施設内はがらがらで、僕は担々麺を、有沙は天丼をゆったり座って食べた。あとは都内へ戻って帰宅するだけなので気が楽だった。1号羽田《はねだ》線、C2中央環状線、4号新宿線から中央道に戻って……と頭の中で順序を確認する。有沙が今夜うちに泊まってくれるのかどうかは、まだわからない。

『ドライブに行きませんか』

意を決してメッセージを送ったのは、気まずい記念日となったプロポーズの夜から三週間が経とうとしている夜だった。梅雨もすっかり明けていた。友達のメグとやらばかりに会っているらしい彼女にまた断られることも覚悟したものの、思いがけず前向きな返信が届いた。

『そろそろちゃんと話さなきゃいけないと思ってました。ドライブ、いいですね』

他人行儀な言葉の中に以前のような親密さのかけらが感じられて、僕はは りきって有休の申請とレンタカーの手配を進めた。彼女の気分を変えられたらと願ってのドライブデートではあったものの、海を見ながらさんざん車を走らせてすっきりしたのは僕のほうだった。

食後は土産《みやげ》コーナーをぶらつきながら、有沙の喫煙タイムが終わるのを待った。帰りの運転のために眠気覚ましのミントガムを購入していると、少しヤニ臭くなって戻ってきた有沙が「お待たせー」と僕の肩をつついた。

僕にとって、喫煙者と付き合うのは有沙が初めてだった。濃いコーヒーに、ニコチンやタールを多く含む煙草。体に悪そうなものばかり好むくせに、結婚したら早めに子どもがほしいなどと語るギャップがなんだかおかしくて、気づいたらどうしようもなく惹かれていった二年前を思いだす。

「ジェラートが食べたいかも。インスタで見たやつ」

普段甘いものにさほど興味を示さない有沙が珍しくそんなことを言うので、駐車場を見下ろすカフェに移動した。テラス席で大黒ふ頭の潮風に吹かれながら食べるミルクジェラートは格別だった。有沙はブラックコーヒーも併せて購入し、「胃の中でアフォガートになる」などと言いながら楽しんでいる。

「あのさ」

ジェラートの浸《し》みたコーンまですっかり食べてしまい、べたつく指先を持て余しながら、ようやく重たい口を開いた。有沙が身構える気配がした。

「この間も言ったけど、僕は有沙と結婚したいと思ってる」

有沙は無言でうなずいた。今日はグレーの袖無しワンピースを着て、アジアンチックな柄のストールを細い体に巻きつけている。

「有沙も来月で三十だし、お互い結婚を見据えて付き合ってきたっていうのは僕の勘違いじゃないと思うんだよね。指輪選びに失敗しただけなのだったら、もう一度チャンスをくれないかな」

沈黙が降りた。海風が頰《ほほ》を撫《な》でてゆく。

「……指輪のことだけじゃないよね、引っかかってるの」

重ねて言うと、有沙はうつむいたままストールをきつく体に巻きつけ直した。

「達ちゃん。あたしね、子どもがほしいの」

「それは知ってるよ」

「聞いて。あのね、ただ生まれればいいわけじゃなくて……健康な子であってほしいの。障害とか何もない、定型発達児を産みたいの」

障害や定型という単語に、心臓をざらりとこすられたような気がした。やはり兄のことは関係しているらしい。暗く湿った記憶の塊が押し寄せてくる。

「うちの実家で兄に会って、怖くなっちゃったの?」

問い直すと、有沙は視線を自分の膝に落とし、やがて決意したように顎《あご》を上げた。

「そうだけど、そんな単純じゃない」

「障害児が生まれるリスクは誰にでもあるよ。怖《おそ》れてたら誰も家庭なんて持てないよ」

「でも、達ちゃんはそのリスクの可能性が高いじゃん」

「え?」

「だって、達ちゃんはきょうだい児じゃん」

——きょうだい児。

近年耳にするようになった言葉ではあった。とてもネガティブな意味で。

「達ちゃんの子は、障害を持って生まれる可能性が高いじゃん。お兄さんがそうだってことは、血がつながった兄弟の達ちゃんも……遺伝子的に……」

声をつまらせる有沙の目尻に涙が溜まっている。僕は呆然《ぼうぜん》とそれを見ていた。目の中に入った埃を苦労して抜き取ったのにちっともすっきりできないような、そんな気分で。

「『差別じゃないか』だって」

煙草の箱のフィルムをぴりぴりと剝がしてゆくその指には、相変わらず指輪ははまっていない。

「ものすごい傷ついた顔するんだよ。まるでこっちが悪者みたいでしょ」

「うーん」

体から汗が引いていくのを感じながら、俺は会ったこともない男の顔を想像する。素肌に巻きつけたタオルケットには、自分のにおいが染みついている。カチッ。有沙がライターでアメリカ煙草の先に火をつける。美味そうに煙を吸いこみながら、下着姿の体を寄せてくる。つるつるしたサテン生地のキャミソールが、彼女の細身の体によく似合っている。

外は40℃近い猛暑だ。とびきり暑い日に室内をうんと冷やすのが俺は好きだ。なんだかこの世の憂いから隔絶された場所に身を置いているような、優雅な気分になれるから。地球環境には悪いが、電気代ならきちんと払うから。

「だから、『じゃあ健常児が生まれる保証はあるの?』って言ってやったんだ。『リスクを考えずに産むほうが残酷じゃない?』って。そこからもう、話し合いは平行線でさ」

「うーん」

有沙の言いたいことは、まあ理解できる。

しかし無責任に相槌を打つこともできず、枕の脇に転がっていたスマホで手早く検索してみる。親が知的障害の素因を持っていたとしても、必ずしもその子どもに遺伝するわけではないし、仮に遺伝したとしても発現するとは限らない、などと書かれている。発達障害になってくるとまた違って、兄弟姉妹に遺伝する確率は関係性によって異なり、同じ双子でも二卵性より一卵性のほうが高確率だとか。

「やっぱりさ、負の連鎖はどこかで断ち切らないとね」

負の連鎖。聞き流すにはあまりに重いその言葉を、俺は思考に落としこんでみる。厭世《えんせい》的な生活を続ける俺にも、それは怖ろしい思想に思えた。障害児は最初から生まれないほうがいいと言うのか。それって——たしか、優生思想とか言うんじゃなかったか。

「あのさ、それ、外では言わないほうがいいと思うよ」

「わかってる。でもさ、きょうだい児には苦労が多いってことは事実だし、その当事者である達ちゃんが……ごめん、彼氏がさ、わからないはずはないんだよ。それなら自分は子どもをつくらないでおこうとか思わないもんかね」

その主張はきっと、彼女の中では筋が通っている。障害者の親やきょうだいのほうに気持ちを寄せた考えだ。それを一概に差別とくくるのは雑すぎるのではないかと俺も思う。でもあまりにもマジョリティ的視点であるような気がして、すんなり同調できない。

「寿だって、まさか『障害は個性だ』なんて言わないよね？」

「うーん……そうは言わないけどさ」

吸いさしを灰皿に放り、ヤニで黄ばんだ壁紙を見ながら言葉を探す。

五月の連休が過ぎた直後だったか、有沙が「寿ってきょうだいはいなかったよね？　ご家族で病気の人とかは？」などとやたらに訊いてきたことがあった。あれは俺の遺伝子を品定めしていたのかと思うと、なんだかぞっとしてしまう。

「うまく言えないけど……障害児やきょうだい児がみんな不幸って決めつけるのも、ちょっと違くね？」

俺の反論を予期していなかったのか、有沙は一瞬ぽかんとした顔になり、それから眉を深く寄せた。

「それは当事者じゃないから言えることだよ！　彼氏だって、制限の多い人生だったたって言ってたんだよ。中学でも高校でも好きな部活に入ることすらできなかったって」

「でもさ、それって結局、社会福祉が脆弱《ぜいじゃく》だからじゃね？　家庭内でどうにかするしかないっていう現状こそが問題なんじゃね？　福祉のプロでもない家族がケアしなきゃならないし、支援金とかもきっと充分じゃないはずだろ。だからきょうだいに皺寄せが行って、ヤングケアラーとかが生まれちゃうんじゃね？」

有沙は黙ってうつむき、唇を震わせた。

人生の岐路に立っているらしい彼女をいたずらに刺激するつもりはないし、意見を闘わせる気もない。なんならこのままもう一回セックスして、こんな面倒な議論をうやむやにしてしまいたいくらいだ。でも、俺の中で何かがそれを拒んでいた。

弱者に対して排他的な己の自我を、都合のいい言説に仮託《かたく》しているだけなんじゃないか。障害者の家族に寄り添うスタンスをとりながら、結局は自分が障害児の母親になりたくないだけなんじゃないか。

そこまで詰めたら彼女が泣いてしまいそうで、代わりに俺は「コーヒー飲む？」と声をかけた。

有沙の様子が少しずつ変わってきたことに、俺は気づいていた。来訪頻度が高くなり、頻繁《ひんぱん》に泊まっていく。以前は彼氏の部屋以外には泊まらないことをポリシーにしていたのに。

それればかりではない。

「寿もさ、いつかは子どももほしいって言ってたよね」

「あたしはさ、結婚しても名字を妻のものにしろとか、フェミニストみたいなこと言わないからね」

そんなふうに俺の腹を探るようなことをたびたび言ってくるので、いちいち反応に困る。先週も「あたし意外と料理うまいんだよ」などと言って、ガラスのタッパーに詰めた手製の煮物を持参した。煮物。俺たちの関係に、あまりにも似つかわしくないものだ。

そして今日は「たまにはデートっぽいこともしようよ」と猛暑の中を連れ出された。休日のショッピングモールは家族連れでいっぱいで、有沙はそれを俺の目に入れさせたかったのだろうかと考えてしまう。フードコートのテント地の庇《ひさし》の下で向かい合ってアイスコーヒーを啜《すす》りながら、俺の内心は穏やかではなかった。

どうやら有沙は、俺と本命の彼氏を天秤《てんびん》にかけているらしい。俺とは遊びなんじゃなかったのか。

それとも、三十歳も間近に迫ると無理やりにでも結婚へと舵《かじ》を切らねばならないものなんだろうか、女って。

ここまでされると、俺も律儀に自分の心を見つめざるを得なくなってくる。

有沙のことを、率直に好きだと思う。恋愛と呼ぶのはだいぶ違う気がするが、情愛的な執着はある。できれば手放したくない。体の相性も嗜好品《しこうひん》も、こんなに合う相手は他にいないのだ。なんなら、たとえ結婚しても関係を続けてほしいとさえひそかに願っている。

そんな気持ちは他人にも悟られてしまうものなのか、気づけば部屋を出入りするセフレはみんないなくなり、最近は有沙としかセックスしていない。それだけで充分満たされていることも、ちゃんと自覚している。

それにしたって、ちらちらとこちらの顔色を見たり、試すような行動をとられたりするのは苦手だ。どこまでも対等でありたい。西新宿のスペインバルの喫煙所で出会った、あのときの有沙が恋しい。セクシーで退廃的で自信に満ちた有沙でいてほしい。そんな勝手な願望を持つことも、まるで彼女の人格を認めていないかのようで、ひどくきまりが悪いのだが。

「見て、あの子超かわいい」

赤く塗られた爪の先で指す方向に、黒のチェック柄のワンピースを着た二歳くらいの女児がいる。大きな買い物袋を抱えた両親に挟まれて、おぼつかない足取りでぽてぽてと歩いている。まだおむつなのだろう、その尻は大きく盛り上がっていて、大人っぽいデザインの服とのギャップがおかしかった。絹糸《きぬいと》のようにつやめく細い髪が、陽射《ひざ》しの中で金色に透けている。

「ステージママになっちゃう人がいるのもわかる気がするんだ、最近。あんなにかわいい子が生まれたらさ」

いとおしげに目を細めて親子連れを見つめる有沙は、ベッドの中で乱れているときの彼女とは別人のようだ。ひと目で量販店のものとわかる衣類に身を包んだ所帯《しょたい》じみたあの母親も、有沙みたいに淫《みだ》らな行為をしてあの子を授かったのだろうかと、下世話で失礼な想像が働いてしまう。

スマホが振動し、メッセージアプリではなく仕事用のメールアドレスに連絡が入ったことを知らせる。品質管理部の上司からだった。

『目黒さん

お休みのところすみません。

上記プロジェクトの件、納期一日前倒し可能でしょうか』

自社で開発中のゲームの動作チェックを行い、バグの発生状況を把握してデバッグをかけるのが、俺たちデバッガーの仕事だ。開発チームから渡されるチェックリストの項目に従い、同じ動きを何度も何度も繰り返してバグを見つけ、そのコマンドや発生頻度、発生条件などをレポートにまとめる。気が遠くなるほど単調な作業の連続だが、出不精な俺には天職かもしれないと思っている。

メールの件は既に九割方作業を完了しているので問題ないのだが、だからと言ってあまり迅速に「可能です！」と応じると、今後同様の案件のリードタイムを短く設定されてしまう恐れがある。いったん見なかったことにして、スマホを裏返してテーブルに伏せる。

負の連鎖が云々《うんぬん》という話は、あれから出ていなかった。話題に上らないぶん逆に気になってしまい、障害者やきょうだい児を取り巻く状況について自分で調べてしまったくらいだ。知れば知るほど、健常者向けにカスタマイズされすぎた社会の仕組みをどうにかしろ、政治家に文句を言え、という思いが強まっていく。

有沙と同様の懸念を持つ女性は、けっして少なくないようだ。大事な決断の前にバグチェックをするようなものかな、などと考える。生命とゲームを同列に考えるなんてあまりにも不謹慎で、絶対に口には出せないことだが。

そりゃあ誰だって、安全の保証された道を歩きたい。できるかぎりリスクを取り除き、よけいなものを背負《しょ》いこまないようにして生きていきたい。幸せの類型の中に身を置いて安心していたい。他人のそんな気持ちを否定することは、俺にはできない。

屋外で飲むアイスコーヒーは一瞬にしてぬるくなり、ぐずぐずに溶《と》けた氷がグラスの中で泥水色の層を作っている。ストローでそれをかき回していた有沙が、ふいに口を開いた。

「今月さ、あたしの誕生日じゃん」

ひどく思いつめたようなその表情に、俺ははっと胸を突かれる。

「誕生日にさ、もっとちゃんとデートしよう?」

いつのまに俺は、彼女にそんな顔をさせる存在になっていたのか。

「その日来てくれたら、ちゃんと恋人として付き合うことにしようよ、あたしたち」

生ぬるいけれど弱くはない風が、卓上にあったストローの紙袋をふわりと浮かせ、吹き飛ばしてゆく。

ばたん、がこん。パイプ椅子が畳まれる金属質の音が、ホールに反響する。

ハラスメント研修が終わるなり、僕は受講者から総務部職員に戻った。外部から招いた講師を上司とともに丁寧に送り出してからホールに戻ると、三十脚近くあったパイプ椅子はほとんど畳まれて運び出されていくところだった。

「資料、椅子の上に置きっぱなしにして帰る人が結構いたんですよ」

駆け寄ってきた桑子さんが、憤慨した様子で用紙の束を突き出してみせる。

「こんなの、研修の内容がちゃんと心に響いたとはとても思えないですよね？」

「ひどいね。でもほら、あとでアンケートという名の復習テストも配付するから」

小柄な桑子さんと肩を並べて、執務室へと歩く。高卒で入社した僕には年上の部下もちらほらいるけれど、五期下の桑子さんはまぎれもない年下の部下だから、言葉づかいに過剰に悩むことはない。それでも必要最低限の丁寧さは損なわないように心がけて会話する。自分は他人に対して偉そうにふるまえる身ではない、その感覚は僕の人生をいつからか支配していて、抗《あらが》える気がしないのだった。

この会社は、都内にしては敷地面積が広くとられている。人工的な緑を見下ろす渡り廊下を通るとき、庭の隅に設けられた喫煙所が見えた。煙草の好きな恋人の姿をそこに幻視したような気がして、歩みを止めそうになる。彼女の言葉がずっと脳内を駆けめぐっているせいだ。ドライブデートの翌日に送られてきたメッセージ。

『達ちゃん。あたしの誕生日に、もう一度ちゃんとプロポーズしてくれませんか？

それまでにこっちも気持ちを整理して固めておくから。

もし嫌なら、無理して来なくていいです。

待ち合わせ場所で会えたら婚約成立ということで』

いきなり与えられたラストチャンスに、僕の胸は意気地なく震えっぱなしだった。

「もう一度ちゃんとプロポーズして」とは、ａｎｄＥではない婚約指輪を買い直せということだろう。

「こっちも気持ちを整理して固めておく」とは、障害児が生まれるリスクを排除できないまま結婚に応じるという意味だろう。そうやって互いに譲歩すれば、結婚の条件が整うと言いたいのだろう。

「――あのさ」

隣を歩く桑子さんに、思わず話しかける。

「はい」

「ごめん、これは……本当にセクハラにあたるかもしれないから、答えたくなかったらいいんだけど」

放置された研修資料を抱えた桑子さんは、視線だけで先を促した。

「婚約指輪ってやっぱり、ハリー・ウィンストンとかがいいのかな？」

「え？」

「いや、僕さ、ＳＮＳとか全然やってなくて、うっかりａｎｄＥとか贈っちゃったんだよね。がっかりブランドだなんてほんとに知らなくてさ。あほだよね。でもデザインとか本当に良くってさ、ピンクゴールドのかわいいやつで」

桑子さんは気まずそうに黙りこんだ。上司のプライベートをいきなり開陳《かいちん》されたら、誰だって反応に困る。まだ新人と言っていい部下に理解と労《いたわ》りを求めていた自分に気づき、猛烈に恥ずかしさが湧きあがってきた。

「あのごめん、なんでもない。忘れて」

あたふたと弁解の言葉を並べたてようとしたとき、桑子さんはぴたりと足を止めた。丁寧に毛先を巻いた髪が揺れて、フローラル系の香りがほのかに漂う。

「それで、彼女さんに怒られたんですか？」

「え？　いやまあ、うん、あの」

「今時ハリー・ウィンストンなんて、どこの富裕層ですか？　彼女さんは、ａｎｄＥをもらったら即、自分を軽んじていると判断するような人なんですか？　ａｎｄＥの結婚指輪をしている夫婦はみんなだめってことになりませんか？」

一気にまくしたてる桑子さんの勢いに気圧《けお》されて、吸いこまれるようにその顔を見つめた。濃い睫毛《まつげ》に縁取られた双眸《そうぼう》は、薄い水の膜で覆われている。透き通るように白く、きめ細かい肌。喫煙のしすぎで荒れた有沙の肌と、なんて違うんだろう。

「ブランド志向の人にはブランド志向の人がお似合いです。磯貝さんもそうなんですか？　それだったら悩む必要ないじゃないですか。最近ずっと元気がないからみんな心配してるんですよ」

後ろから歩いてきた総務部員が僕たちを追い越してゆく。桑子さんが僕に苦情を申し立てているように見えたかもしれない。

「ちなみにこの指輪、ノーブランドですよ」

桑子さんは右腕をすっと前方に伸ばし、指をそろえて右手を掲げてみせた。廊下の窓から差しこむ真夏の光に、シルバーリングがきらりと輝く。

「彼氏がオンラインショップで買ってくれたんです。個人のクリエイターが作ったものみたいなんですけど、かわいくないですか？」

「……いや実は、かわいい指輪だなって思ってた」

僕の言葉に、桑子さんはようやく笑顔になった。自分の右手を左手で誇らしそうに包む。清潔でまぶしい光を浴びたような気がした。僕を僕に立ち戻らせる光だった。

悩んでいたのは、指輪のことだけではないけれど。事態はもっと複雑で、きつく絡まった延長コードみたいに解《と》きほぐせなくなっているけれど。

桑子さんに言われたことがすべてであるように思えて、午後の仕事はあまり手につかなかった。


八月最後の日曜日が、有沙の誕生日だった。

彼女が指定した待ち合わせ場所の広場は、猛暑にもかかわらず多くの人が行き交っていた。広場の真ん中に、黒い日傘を差した有沙がひとりぽつんと立っている。約束の十四時には、まだだいぶ早いのに。

広場を取り囲む商業ビルのひとつ、その八階から、僕は彼女を見下ろしている。彼女の好きなカフェに立ち寄って買った、彼女の好きなブラックコーヒーを手に、半円形に外へ迫《せ》り出したバルコニーから恋人の姿を確認している。彼女がまったく視線を上げないから、ずっと気づかれないままこうしている。

黒いワンピースを着た彼女の足元から、影が斜めにのびている。俯瞰《ふかん》している僕には、まるで彼女自身が日時計の針になったみたいに見える。そこにいるということは、彼女は気持ちの整理がついたということなのだろうか。そうまでして、僕と結婚したいのだろうか。

今すぐエレベーターで降りてそこへ向かえば、僕たちは晴れて婚約に至ることができるのか。気まずい問題など何もなかったかのように笑い合えるのだろうか。

いや、不可能だ。彼女が求めるものを、僕は持ってきていないから。

「ちゃんとした指輪」を探しに、デパートへ行くことは行ったのだ。なんだかんだで女子ウケするブランドも知っておいたほうがいいからと、桑子さんが丁寧にリストアップしてくれたメモを手に。

でも、何も買うことができなかった。値段が高すぎたせいだけじゃない。僕の心が動かなかったから。上質の笑みで「ご結婚ですか?」と声をかけてくる店員さんに対応してもらうのにふさわしい情熱が、もう自分の中に残っていないことに気づいてしまったから。

さっきから有沙との愛にあふれた日々を脳内に蘇《よみがえ》らせようとしているものの、どうしてもうまくいかない。この暑いのになぜかホットで頼んでしまったコーヒーの紙コップを両手で包みこむ。

苦手なはずの煙草のにおいさえ受け入れられるくらい夢中だった、年上の恋人。冷たく見えるほど整った顔が、小さな子どもを見るたび甘く崩れるのを見るのが好きだった。本心が読み取れないときも、ちょっと振り回されるくらいが恋愛の醍醐味《だいごみ》なのだとポジティブに解釈していた。彼女が浮気しているらしいことにも少し前から気づいていたけれど、一過性の過《あやま》ちなど許せるくらい自分の器は大きいのだと思っていた。そして、そんな自分の寛容さに酔っていた。

けれど人は、自分や自分の肉親を危険因子として扱うような相手と尊重し合って生きられるものだろうか。どう考えても難しい。華やかなデパートのアクセサリー売り場に背を向けてエスカレーターで下《くだ》りながら、僕はとっくにその結論に着地していたことを認めた。兄はたしかに僕の人生の足枷《あしかせ》にはなったけれど、他人に生きる価値をジャッジされなければならないような存在ではない。

だけど、彼女だけを責める気にもなれない。

人並みに結婚し子どもを持つことを、僕もずっと夢見ていた。それは僕自身を誰かのケア要員ではなく、自分の人生の主人公にするためではなかっただろうか。だから友人に「結婚願望の強そうな女性、いないかな」と相談して有沙を紹介してもらったのだ。一人前に妻子のいる男になれば、見下しや憐憫の視線を向けられることはまずなくなるだろう、そんな打算のもとに。

「障害があるからって特別視するのもなんか違う」などと有沙には言いながら、障害者の特別さを誰よりも感じていたのは僕だった。相手がいないうちから結婚にこだわったのは、「世間」というものを意識しすぎたゆえではないだろうか。いったい誰の承認を得ようとしていたのか、今となってはわからない。

十四時が近づく。彼女はひとり立っている。黒い服に黒い傘。そこからのびる黒い影。こちらと反対の角度に体を向けていて、まるで僕ではない誰かを待っているようにも見える。

たくさんの思いが全身を駆け抜ける。大きな渦になってうねり、胸から飛びだそうとしている。

一度も口をつけずじまいのコーヒーの紙コップを、僕は足元に置いた。ずっと有沙に言えなかったが、僕はそれほどコーヒーが好きではない。

ジーンズのポケットに手を突っこみ、ピンクゴールドの指輪を取り出す。しゃがみこんで、それをコーヒーの中に落とした。

ちゃぽん。金属を飲みこんだ黒い水面の揺れは、ほんの一瞬でおさまった。

不思議なくらい心が休まるのを感じながらバルコニーを離れた。古いビル特有の押しこみ式ボタンを押して、少し待つ。上がってきたエレベーターが扉を開いた。蛍光灯に照らされた四角い空間が広がっている。八階から地上まで下降する間、誰も乗ってこなかった。

ビルを出て、人の行き交う広場の中心を見つめた。立ち尽くす有沙との距離はおよそ二十メートル。その間に障害物もないのにこちらに気づきもしないのが、いろいろ象徴している気がしてなんだかおかしかった。

右足をコンパスの軸のように使ってくるりと回り、彼女とは反対方向に体を向ける。三十代の彼女に一度も会うことのないまま、夏の陽射しの中を軽やかに歩いてゆく。


十四時が過ぎるとなんだかほっとして、俺はどさりと床に四肢を広げた。

今頃有沙は待ち合わせ場所の広場で俺を待っているんだろうか。それとも彼氏と会えたんだろうか。ヤニで黄ばんだ天井を見上げながら、ゆるゆると思考の海にたゆたう。

納期の繰り上がった案件も無事納品したし、引越し荷物の梱包は完璧だ。自由だ、と強く思った。泣きだしたいほどの自由だった。

もうなにも、誰からも、期待されたくない。無駄に傷つきたくないし、傷つけたくもない。

「その日来てくれたら、ちゃんと恋人として付き合うことにしようよ、あたしたち」

思いつめた顔でそう言われて、一ミリも心が動かなかったと言ったらきっと嘘《うそ》になる。自分の欲望を満たしてくれる女をずっと手元に置いておける、そのことに魅力を覚えなかったわけじゃない。あのショッピングモールで見た親子連れに、自分たちの未来を重ねてみなかったわけじゃない。俺にだって老いの近づいた両親がいて、孫の顔を見たがっている。

でも結局、「面倒くさい」が勝った。彼氏も同じ日時に呼びつけているなどと言うのだから、なおさらだった。

「条件をつけたから来ないとは思うけど、もし来たら、目の前で寿を選んでみせるよ」

複雑な微笑みを向けられて、頭の片隅が冷えてゆくのを感じていた。彼女の人生を安全かつ円滑にするための駒に選ばれたところで、なんだっていうのだろう。あちら側にも同じことを言っている可能性だってあるのだし。

それに。

一度のぞいてしまった彼女の心の奥は、どうしたってしがらみになった。違和感は指数関数的に強くなってゆき、今や目を逸《そ》らすのが難しいほど俺の中で大きく成長している。

「たっちゃん」とやらと結婚したって、健常児が生まれるかもしれないじゃないか。

俺と結婚したって、障害児が生まれるかもしれないじゃないか。

もし俺との間に障害児が生まれたら、彼女は何を思うのだろう。俺を恨み、やっぱり「たっちゃん」にしておけばよかったと激しく後悔するのだろうか。そもそも無事に出産できるところまで行き着けることを、なぜ無邪気に信じられるのか。有沙自身が不妊じゃない保証だってどこにもないじゃないか。

人は誰しもリスクを背負って生きている。有沙だってもしかしたら今この瞬間、交通事故に巻きこまれて身体障害者として生きてゆくことになるかもしれない。だからって、それを怖れて道路をいっさい使わずに移動するなんてできようか。

他人の持つリスクに排他的でいれば、それはいずれ己にも降りかかってくるものだ。

床に投げだしたスマホが振動した。この部屋で何度も抱いた女の名前が表示されている。

言いたいことは登録を解除しそびれたメールマガジンぐらいどっさり溜まっているのに、どうしても電話に出る気にはなれなかった。引越しを決めたことも伝えていない。どうせ在宅業務がほとんどの身なので、会社の近くにこだわって家賃の高い都内に住み続ける理由もないと気づいたのだ。千葉の田舎の空き家バンクなるものを知り、定住を条件に契約したことを知ったら、少しは驚くだろうか。自分の誕生日当日にこの部屋を引き払ったと知ったら、怒るだろうか。怒りが美しさを際立たせるタイプの顔だったなと、既に過去形で思っている。

振動はしばらく続き、やがて諦めたようにふっつりと静かになった。

ダンボールの積み上がった部屋にチャイムが鳴り響く。一瞬びくりとしたが、有沙であるわけはなかった。ガスを止めに来たガス会社のスタッフが、インターフォンのモニター越しに頭を下げている。ドアを開くと、マンションの脇からやってくる二トントラックの銀色の車体が見えた。

「あら、お兄さんも行くの」

延々と続く畑の脇を歩いていたら、後ろから声をかけられた。腰が四十五度に曲がった白髪頭の婆《ばあ》さんが、にこにこと俺を見上げている。

「ええ……まあ」

「この辺じゃ見かけない顔だねえ」

シチュエーションによっては怖い台詞を、婆さんは満面の笑みで言う。この町では、ただ存在しているだけで歓迎される。比較的若い世代の人間だというだけで。

運動がてら片道二十分の道程を歩いてきたけど、やっぱり車にすればよかったな。面倒だが一緒に歩いてやるか。そう思ったのに婆さんは意外に健脚で、杖《つえ》を使いながらきびきびと歩く。特段速度を落とすことなく進むうちに、マルシェの会場であるコミュニティーセンターが見えてきた。

越してきて三か月が経ち、里山と海に恵まれたこの町での生活にもすっかり慣れた。勢いで決めたわりに、我ながらずいぶん田舎暮らしに適応したと思う。リフォーム済みの戸建て物件にひとりで住む贅沢《ぜいたく》も、房総半島の野菜や果物の美味さも、知らないまま死ななくてよかったとつくづく思ってしまうほどだ。買い物施設は少ないが、通販でなんだって取り寄せられる時代だ。東京へ出るのに車を運転するのがだるければ、がらがらに空いた上り電車に乗りこんで目を閉じていればいい。

この過疎の町のどこから集まってくるのだろうというくらい、マルシェは毎回盛況だ。産業と福祉の連携や、それによる地域活性化を目的としたイベントで、主に販売されているのは障害のある人たちが作った野菜や加工品だ。農園主と福祉事業所の職員が意見を交わすトークセッションや、地元のミュージシャンによるミニコンサートまで開催される。隅々まで、色と音とにおいの洪水だ。

乳児ほどもありそうなでかいキャベツに、俺の腕より太い大根。地域住民でごった返す会場を縫うように歩き回り、目当てのものを買いこんでゆく。料理と言えるほどのものでもないが、地元の野菜と肉をただ切って寸胴鍋《ずんどうなべ》にぶちこみ鶏《とり》ガラスープで煮るだけでできる、滋養のある鍋にはまっている。初めて来たときなにげなく買った、近隣の作業所で製造しているというクッキーやタルトもやたらに美味で、毎回そのブースを探して買ってしまう。

ここへ移住するにあたって少しだけ、いやかなり有沙の影響を受けてしまったことを、特には気にしないように努めている。彼女が一時期スマホの待受画面にしていた黄色い電車の走る町が妙に気になり、ずっと心の奥にあった。もしも都会を離れるならあんな場所がいいとぼんやり意識していたら、いつのまにか本当にこの町を探して住んでしまっていた。

イートインコーナーで有機コーヒーを飲んで会場を出る。土と草のにおいを吸いこんだら、煙草が吸いたくなった。ずっしりと重いリュックを背負った体に、初冬の乾いた風が吹きつける。会場の喧《けん》噪《そう》がまだ鼓膜《こまく》の内側に貼りついている気がする。

行きがけに会った婆さんとまた会ってしまい、ぱんぱんに荷物の詰まったエコバッグを持ってやる。途中までのつもりが、結局家まで送り届けてしまう。この辺の地主なのだろうか、やたら立派な門構えの日本家屋《かおく》だった。

「おばあちゃんったら、マルシェに行くなら車出すって言ったのに」

玄関に現れた若い女が、俺に気づいて頬をぱっと紅潮させた。婆さんの買い物荷物を運び入れてやると、こっちが恐縮するほど頭を下げられた。目が大きくて脚のきれいな女だった。

婆さんの家から歩いて帰る道すがら、女の化粧っ気のない肌や、俺を見てわずかに開いた唇を思いだす。何かが始まるかもしれないし、始まらないかもしれない。予感めいたものを胸の中で転がしながら歩き続ける。誰にも期待せず期待させず、傷つけず傷つけられない。そんな潔癖な生活は、いつまで続けられるのだろうか。誰の日々にだって、バグは起きる。そのバグに対応し続ける営為こそが、人生ってやつなんじゃないだろうか。

住宅街の入口まで来たところでどうしても煙草が吸いたくなり、寂《さび》れた公園に立ち寄る。人口減少で管理できなくなったのだろう、鎖の取り払われたブランコや支柱だけになったシーソー、雑草に覆われたベンチが、ひっそりと俺を迎える。草を踏み分けて進み、ベンチの砂を手で雑に払って腰かけた。リュックのサイドポケットからシガレットケースとライターと携帯灰皿を取り出す。すこんと高い冬の空に向かって細く煙を吐き出した。

ポケットの中で、スマホがぶるぶると振動する。予想と違《たが》わぬ名前が表示されているのを確認して、吐き出す煙に溜息が混じった。

彼女は数週間おきに俺の電話を鳴らす。今更俺と話してどうなるのだろう。一度も応答していないが、着信拒否にするほど憎んでいるわけでもない。誰かに負の感情を持ち続けるというのはとんでもなくエネルギーを必要とするもので、その前に気持ちが乾いてしまったら、執着など起こり得ない。

どこかで元気に煙草を吸っていてくれれば、それでいい。

着信がやんでからたっぷり数分間置いて、吸いさしを左手に持ち替え、メッセージアプリを立ち上げる。

『またいつか、どこかの喫煙所で会いましょう』

ひとこと打ちこんで送信すると、携帯灰皿に煙草を押しつけた。

冬の空は、どこまでも高い。白い鳥が隊列《たいれつ》を成し、北のほうへ飛んでいった。

招かれざる貴婦人

夫のことは好きだけど、夫の脱ぎ捨てた靴下は嫌いだ。

リビングのソファーの隅に転がっていたそれをそっと足首の側からつまみあげ、洗濯機の中にぽとりと落下させる。夫が独身時代から履いているそのねずみ色の靴下は、毛玉だらけで、踵《かかと》部分がすり切れている。それでもお気に入りだというので、捨てられない。

他の衣類と洗剤を入れて洗濯機の蓋《ふた》を閉じ、スタートボタンを押す。ピーッという電子音が鳴り、ごうんごうんと洗濯槽が回りだす。すばやく手を洗う。ハンドソープの泡を指先から手首にまで行き渡らせて、念入りに擦《こす》る。

せっかく引っ越して新しい家に住み始めたんだから、自分の靴下くらいちゃんと管理してくれたらいいのに。帰宅していったん脱いだあと、「また履くから」と言って床に放置される靴下を、わたしはひしひしと憎んでいる。経験上、一度脱ぎ捨てられた靴下がその日中に夫の足に通されることも、夫自身の手で洗濯機に入れられることも絶対にないと知っている。

――まあ、それでも。

洗濯機が全工程を終え、取り出した衣類や下着を乾燥機に移し替える頃には、わたしの心は凪《な》いでいる。

広々とした脱衣所と、その中にある鏡の大きな洗面スペース。追い焚《だ》き機能と浴室乾燥機の付いたバスルームの床は、セラミックの小石がモザイク調に敷き詰められている。何もかも清潔で美しく、快適で機能的。洗濯機のスペースが外通路に設けられていた古い賃貸マンションの頃と比べれば、天と地の差だ。それを思えば鼻歌さえ出てくる。生活スペースのゆとりは心のゆとりだ。

息子の玲央《れお》が最近幼稚園で覚えてきた歌をうろ覚えのまま口ずさみながら、二階への階段をリズミカルに上る。踊り場の小窓から差しこむ午後の陽光が、階段をところどころまばゆく光らせている。二階の廊下の出窓を開け放ち、埃《ほこり》を出して空気を入れ替える。夏の暑さの厳しい南国で育ったわたしは、寒いのがわりと好きだ。冷たい空気が肺胞に行き渡ってゆく感覚と、ほどよく自然豊かな眺めを楽しむ。至福のひとときだ。

ヒマラヤスギとハゼノキの並木の向こうから、誰かが色づいた落ち葉を踏みしめて歩いてくる。まっすぐ我が家を目指しているように見えるけれど、気のせいに違いない。

筆先に含ませた白い絵具ですっと刷《は》いたような雲に視線を移すと、さすがに寒さを感じ、窓を閉めた。

息子が小学校に上がるまでに一軒家を購入するという目標を、わたしたちは彼の四歳の誕生日を前に達成した。少し、いやかなり無理はしたけれど、後悔はない。あまりにも魅力的で、多少の無理をする価値のある物件だったから。

新築を買うほどの余裕もこだわりもなかったわたしたちは、最初から中古物件の購入を検討していた。豪華な披露宴を挙げる代わりに写真だけの結婚式で済ませ、あくせく働きながら節約と貯金の日々を過ごした。

居住を希望していた東京郊外のエリアに理想の物件が出たことを不動産会社の担当者が報《しら》せてくれた段階では、まだ貯金が目標額に届いていなかった。それでも「これ以上条件を満たす物件はそうそう出てこないと思うんです」と猛プッシュされ、詳細を確認して内見に進んだところ、わたしも夫もたちまち一目惚《ひとめぼ》れしてしまった。それはまさしく恋だった。出会ったとき互いにそうであったように、わたしたちは中古の一軒家に恋をしたのだ。

その二階建ての白い家は、バス通りから一本奥に入った住宅街の入口に建っていた。見るからに穏やかそうな老夫婦がふたりで暮らしていて、妻のほうが恭《うやうや》しく家中を案内してくれた。

オールフローリングの4LDK。こだわりをもってデザイナーに作らせたことがひと目でわかる、意匠の凝《こ》らされた住空間。気取りすぎてはおらず、住む人間の使いやすさが考慮された設計になっていて、そのバランスが絶妙だった。

あちこちにおしゃれな小窓やたっぷりした収納スペースが設けられていた。広々としたアイランドキッチンに、浴室乾燥機の付いたバスルームに、床暖房を完備したリビングダイニング。バルコニーに面した一角にはロフトがあり、ちょっとした作業のできる独立スペースになっていた。猫の額ほどではあるものの、庭までついていた。我が家の車がすっぽり収まる大きさのカーポートも。

築二十一年ということだったけれど、古さをほとんど感じさせなかった。隅々まで手入れやリフォームが行き届き、廊下は姿が映るほど磨きこまれ、壁も床も傷みはほとんどない。居住者に喫煙者もペットもいないことから、変なにおいやしみなどもいっさいついていなかった。

立地も理想的だった。最寄駅からはかなり離れた住宅街にあるものの、バス停からは徒歩一分だし、車があればなんの不便もない。近隣に幼稚園から小学校、中学校まであり、医療施設も買い物施設もひと通り揃《そろ》っていて申し分なかった。地域住民の民度が低くないことも、口コミで確認済みだった。

決断が早いのが、夫の亘良《のぶよし》とわたしの共通点だった。もう他の物件のことなど考えられないと悟り、ほとんど価格交渉することもなく契約に至った。予算はだいぶオーバーし、ローンの年数も増えてしまったものの、今見送って他の人にとられるくらいならたいした痛手ではないと思えた。司法書士に登記登録を依頼し、引越し業者を手配し、正式に我が家となったのは夏の盛りだった。

それから三か月。わたしたちはもう、すっかりこの家になじんだ。来春、玲央は転園した幼稚園で年中さんになる。隣町に転出したために前の保育園のお友達と別れさせることになってしまったのは胸が痛んだけれど、もう仲のいい子が何人かできたようで最近は楽しそうに帰ってくる。

円安の恩恵を受けて輸出部門が儲《もう》かっている夫の会社は今のところ安泰だし、わたしはわたしで引越し前からこつこつやっている音声データの文字起こし、いわゆるテープ起こしの報酬単価を最近引き上げてもらえたばかりだ。

以前は玲央を長時間保育園に預けてドラッグストアのレジ打ちバイトもしていたけれど、「せっかく家を買うんだから、希恵《きえ》には少しでも多く玲央との時間を持ってほしい」と夫のほうから言ってくれて、転居と同時に委託業務一本の身になった。

小さな庭には先週、秋植え球根の植え付けを済ませた。スイセン、ユリ、アネモネ、ムスカリ、フリージア。結婚して六年経《た》つ夫は今でも時折「あー、好みの女がいつも家にいるっていいなあ！」と叫ぶほど愛情深く、息子は利発で社交的。これを幸せじゃないなどと言ったら、罰が当たりそうだ。


りん、ろん。

澄みきったチャイムの音が現実のものとして鼓膜《こまく》に響き、わたしは顔を上げた。

以前住んでいた賃貸マンションのブーッという情緒《じょうちょ》のない呼び出し音に慣れた耳には、高級レストランの入店音のように聞こえる。近隣に親戚も友達もおらず、訪問者は宅配便業者か何かのセールスマンくらいしかいないので、チャイムの音はわたしがこの家でまだなじんでいない唯一のものかもしれなかった。

抱きかかえていたシーツのおかげで、視界が雪の中のように白い。乾燥機から取り出したリネン類の香りを吸い込みながら、うたた寝をしていたらしい。時計を見ると二時になろうとしているところで、時間にしたらほんの数分のことなのに、ずいぶん長く眠りこんだ気がした。ソファーからのろのろと立ち上がり、壁に取りつけられたインターフォンに向かう。

モニター画面に顔を近づけ、一度離し、また目を凝らした。

老婦人が映っている。ぶどう色のベレー帽からこぼれる真っ白な髪や、目元に刻まれた深い皺《しわ》は、自分の母よりひと回りほど上の年齢であることを窺《うかが》わせる。さっき二階の出窓から見えた人物で間違いなさそうだ。いったい時速何メートルで歩いてきたのだろう。

よく磨かれた丸いグラスの奥の両目も、ローズ系の口紅を塗りつけられた唇も、不思議な笑みを湛《たた》えている。得体の知れない悟りの雰囲気を備えたその笑みに、少しばかりぞっとする。

「ええと、はい」

「五木田《いつきだ》でございますー」

ゆらゆらした高い声で、老婦人はそう名乗った。イツキダというその珍しい名前と独特の声の響きで、目の前の事象が記憶と結びついた。この家の、前の持ち主だ。まさにこの家を、彼女自身が歩き回って案内してくれたのだ。売買契約もその前後の手続き関係もすべて間に不動産の担当者が入って進めてくれたので、内見のとき以来彼女と顔を合わせることはなかった。

契約関係でなにか不備でもあっただろうか。それにしても今更だけど。小走りで玄関へ向かいながら、来訪の理由を考える。

「ああ、どうも」

わたしが開いたドアの隙間から、五木田さんはゼリーのようにするりと滑《なめ》らかに体を入れてきた。語尾を引いて話すので、「アードーモー」という未知の単語にも聞こえた。

間近で見ると、薄化粧を施された肌は皺こそ深いものの、奇妙なほどつやつやしている。リキッドタイプのファンデーションだろうかと、要《い》らぬことを考えてしまう。高齢者にしては背筋がぴんと伸びていて、目線の位置はわたしとさほど変わらない。

「……ご無沙汰《ぶさた》しております」

隠せない戸惑いは、隠さないままにしておいた。

「ええと、なにか……?」

「いえね、なにかってわけじゃないんですけれども、ちょっと古巣にね。よろしいかしら」

無駄に気取った口調で言いながら、五木田さんは既に靴を脱いでいた。こちらの返事を待つこともなく上がりこむと、くるりと向きを変えて腰をかがめ、靴を揃えている。肉づきの薄い背中の骨のかたちが、コートの上からでもわかった。

老婦人の一連の挙動があまりに当然のようになされたので、わたしは事態を呑《の》みこめないまま彼女を迎え入れるほかなかった。

慌ててソファーへ駆け戻ってリネン類をまとめて運び、夫の書斎に押しこんだ。アイランドキッチンで湯を沸《わ》かす。

老婦人——五木田さんはコートを脱いでベレー帽をとり、それらを胸に抱えたままリビングダイニングのあちこちを懐かしそうに見回している。アイボリーのセーターに、スエードの膝丈スカート。ベレー帽のぶどう色をワントーン明るくしたような、ボルドーのタイツに両脚を包んでいる。全体的に気品がある彼女の細身のシルエットに、そのコーディネートはよく似合っていた。その体が音もなく移動して、窓のカーテンの生地をつまんだ。

「あらあら、観葉植物こんなに置いたのね。いいわねえ、窓辺に合うわねえ。このカーテンのお色も素敵ねえ。何色っていうのかしら」

「コーヒーでよろしいんでしょうか?」

意図的に愛想をそぎ落としているものの、彼女につられて言葉だけは無駄に丁寧になってしまう。お構いなく、という高い声が返ってくる。

玲央が帰ってくるまでの隙間時間に、テープ起こしの仕事を進めるつもりだった。中古物件の前住者というのは、アポなしで現れて接待してもらうほどの権利を有しているものだろうか。ややもやと考えながら、高齢者の胃に悪そうな、うんと濃いコーヒーをペーパードリップで淹《い》れた。

来客用の白いティファニーのカップに注《そそ》ぎ、ソーサーに載《の》せてダイニングテーブルに運ぶと、階段のほうを確認していた五木田さんはすーっすーっと足を引きずりながら歩いてきた。そうだった、こんなふうに足の裏で床を擦《す》るようにして歩く人だった。内見のとき、先導する彼女のスピードがあまりにゆっくりで、ひどく歩きづらかったことを思いだした。

「このテーブル、使ってくれてるのね。嬉《うれ》しいわ」

皺の多い指先でそっと天板に触れながらしみじみとした口調で言われ、複雑な気持ちになる。

この一枚板のテーブルは、内見のときわたしがひと目で気に入ったものだった。アフリカンローズという木材が使われた赤褐色の天板の、自然形状を生かした耳付きテーブル。丸太から切り出したままの形や切り口、独特の風合いや手触りに魅入られていると、「お気に召した家具などございましたら御料金次第で調整可能と伺っております」と不動産の営業担当にささやかれた。

もともとは、家財道具まで引き取るつもりはなかったのだ。けれどもそのテーブルや、壁に取りつけられた無垢材《むくざい》の飾り棚、そして階段の踊り場の壁に嵌《は》めこまれた丸形のブラケットランプだけは、できることならそのまま家に残して使わせてほしいという旨を、担当者を通じて頼みこんでいる自分がいた。もちろん買い取り金額に上乗せされることになることも構わなかった。まるでこの家で使われるために生まれてきたようなインテリアたちだったので。

無理はせずにと言い添えたけれど、五木田夫妻は快諾してくれた。感謝する一方で、この人たちはそんなにお金が必要なのかと深読みしそうになってしまったのも事実だった。

「搬入が大変だったわ」

夫の席に座り、その隣にきちんと裏返して畳んだコートとベレー帽を置いた五木田さんは、いとおしそうに木目を撫《な》でながら続ける。

「主人の懇意にしていた木材店でね、板から選ばせてもらったの。懐かしいわあ、濃厚な木の香り。森の中にいるみたいだった」

「はあ」

「搬入と組み立ては家具屋さんが頑張ってくれてねえ。ほら、脚と別々に入れてもらうわけじゃない？　あれはなんだかわくわくしたわねえ」

そこでいったん言葉を区切り、ブラックのままコーヒーを口に運ぶ。ハンドルをつまむ指の、小指だけがぴんと立っている。

「そうそう、床材はね、ブラックウォールナット。くるみの木ね。木って呼吸してるのよね」

苦いとも、砂糖やミルクをくれとも言わず、虚空を見つめて微笑《ほほえ》んでいる。そこに美しい絵でも描いてあるかのように。

「おかげさまで快適にやっております」

他に言うべきこともなくて、わたしはそう言った。老婦人はレンズの奥の目を細め、深く顎《あご》を引く。

「そのようね。いいことだわ」

現実世界でこんな口調で話す人に、初めて会った気がする。ぷくく、と漏《も》れそうになる小さな笑いを口の中で嚙《か》み殺した。絵描きみたいなベレー帽も、幽霊みたいな歩きかたも、カップの持ちかたに至るまで、みんなうっすら現実離れしている。頭の中でこっそり「貴婦人」というあだ名をつけた。

指先を温めるようにコーヒーカップを包みこんでいた貴婦人は、思いだしたようにまたカップのハンドルをつまんだ。細い顎が持ち上がり、白い喉《のど》がこくりと鳴る。

「ああ、おいしい……」

嘘《うそ》だ、と瞬時に思った。こんな濃いコーヒー、おいしいはずがない。いきなり押しかけてきて、なにか企《たくら》んでいるのか。内見や契約の際に不都合でもあったのか。今度こそはっきり訊《き》いてやる。

そう思って唇を開いたとき、通りでバスのクラクションが聞こえた気がした。うっかりしていた、玲央が幼稚園から帰ってくる時間だった。

「あの、もう息子が帰ってくるので」

用がないならお帰りくださいときっぱり言い渡せるなら、どんなにいいだろう。貴婦人は一瞬腰を上げたものの、「あらそうなの」と言っただけでまた着席してしまった。
しかたなく、客を家に残したまま玄関に向かう。いらいらと扉に鍵をかけてポーチに出ると、バスの停《と》まるポイントであるコンビニを目指してサンダルで走った。

浜谷：えー、あー、それについては私（わたくし）、承知をしております。はい。はい。
松田：ではオオサキさんの就労状況についても立場上当然、あなたが認識していたということになりませんか？　二〇二二年六月当時、直属の上長だったわけですから。
浜谷：や、えー、オオサキさんについてはそういう、そういった、そこまで追い込まれてるといった状況にな、なってるということの報告を受けた記憶はございません。
松田：報告は受けていないと、そう仰《おつしや》るのですか？
浜谷：そういう記憶ははい、ございません。

いつかの何かの裁判記録と思われる文書だ。クライアントの情報を守るため、対象データの詳細については最低限しか明かされない。話者についても、名前のみが示されている案件もあれば、自分で聞き取るまで名前も人数もいっさいわからない場合もある。今回は前者だったので、スムーズに作業に入ることができた。
十二月に入ったばかりの昼下がり。午前中に手早く家事を片づけ、自分のためだけの昼食を残り物で簡単に済ませると、仕事用スペースにしているロフトに上がった。夫にだけ書斎があるのは腹立たしいが、自分に夫ほどたくさん蔵書がないのも事実だし、寝室にはわたし専用の化粧スペースもある。

それに、リビングダイニングを見渡せるロフトは幼い頃作った秘密基地みたいで気に入っている。ノートパソコンを立ち上げ、何段階もの認証を繰り返して依頼元のクラウドに入りこむ。今参加しているプロジェクトのファイルデータから、他のチームメンバーが着手していないものを選ぶ。再生と一時停止を細切れに繰り返しながら、聞き取った音声データを文字に変換し、専用フォームに打ちこんでゆく。

久しぶりの、素起こしの作業だ。テープ起こしには素起こし、ケバ取り、整文と種類があり、文脈上意味を持たない「あのー」「えー」「ああ」などのケバと呼ばれる言葉や声を取り除きながら書き起こすケバ取りの依頼が最も多い気がする。個人的には、聞こえる音をすべて文字に起こしてゆく素起こしがなかなか好きだった。会ったこともない、顔すら知らない人物の個性や臨場感が立ち上がってくる気がして。

松田：そういった対応、つまり部下に対するメンタルケアといいますか、その必要性に関する会議なりメールの往復なりといったものが当時存在したかどうか、その辺もご存じありませんか？
浜谷：ええと、はい、部署の、当時の部署のですね、月例会議の中で、喫緊の課題を出し合うわけですが、私（わたくし）の記憶しているかぎりでは、えー、そういったものは各自で産業医に

りん、ろん。

澄んだ音が響き渡り、集中の糸がぷつんと切れた。松田と浜谷の質疑応答から現実に戻される。下書き保存ボタンを押し、のろのろと立ち上がってロフトから下りる。

モニターを見る前から、わかっていたような気がした。たった一度の来訪で気が済んだようには見えなかったから。

「ああ、どうも」

無表情で扉を開けひとことも発しないわたしに臆することもなく、貴婦人はまたもするりと玄関に入りこんできた。前回と異なり、やや大ぶりの白っぽいトートバッグを抱えている。仕立ての良さそうなコートとキャンバス生地のトートバッグは、まるでバランスがとれていないように見えた。

「一週間でずいぶん冷え込みが厳しくなったわねえ。夜なんて足首が冷たくなっちゃって、つらいのなんの」

知らねえよ。心の中で毒づきながら、靴を脱ぐ姿に背を向けてアイランドキッチンに向かう。お気に入りのケトルで湯を沸かす。悔しいけれど、体は刻みこまれた来客対応を忠実にこなしてゆく。人は自分に染みついた習慣から容易には抜け出せない。

「洗面所借りるわね。手洗いはしっかりしないとね、感染症怖いもの」

歌うように言う声に水音がかぶさる。まさに勝手知ったる他人の家。清潔にしてくれるのは結構だが、どうせあちこち点検するように眺めているのだろうと思うと心底うんざりしてくる。前回よりさらに濃いコーヒーを淹れてやる。手動のミルに豆を入れ、ハンドルを力まかせにごりごり回した。亘良と東南アジアを回ったときにどこかのマーケットで見つけた、派手なピンクの象が描かれたミル。

時間をかけて手を洗ったらしい貴婦人は、すーっすーっと足を擦りながら滑るように移動する。わたしのいるキッチンの脇を抜け、リビングダイニングへ着く頃にはぶどう色のベレー帽を脱いでいる。コートを脱いで裏返し、丁寧に畳んでダイニングテーブルの椅子に置く。その隣に腰を下ろす。

「ああ、やっぱり落ち着くわあ」

「ご自宅はそんなに落ち着かないんですか？」

嫌味っぽい言いかたになってしまったと思い、いや、自分はまさしく嫌味を言いたかったのだと気づく。

「天井が高いっていうのは最高よねえ。開放感っていうの？　これもこだわりだったのよねえ」

わたしの言葉が聞こえなかったかのように、貴婦人は笑顔を向けてくる。老人の満面の笑みというのは、無垢な子どものそれにも似ている。この世に憂いなど何ひとつ存在しないかのような、完全な笑顔。

ドリッパーにフィルターをセットし、ミルで挽《ひ》いた豆を目安の倍量入れる。「の」の字を描くようにケトルの湯を回し入れる。豆の表面が膨らみ、また平らになったら二投目。中心の粉がくぼんだら三投目。壁時計に目をやると、もう二時を過ぎている。

百円均一で買ったマグカップに雑に注いで、貴婦人の前にどんと置いた。

「わたし仕事中だったんですよ」

今度ははっきりと、嫌味っぽく聞こえるように言ってみた。

「あら、なんのお仕事？」

またしても意図は伝わらず、言葉は本来の質量を持ち得ないまま空気中に散った。でたらめを答えてやろうかと暫時迷って、やめた。

「……テープ起こしって知ってます？　要は音声データを文字に書き起こすんです」

「まあまあああまあ」

前回と違ってカップ&ソーサーではないことに気づいているのかいないのか、貴婦人は微笑みを崩すことなくマグカップを手にした。その小指はやはり漫画の人物のようにぴんと立っている。節くれてはいるものの、小さな爪はきちんと手入れされている。

「今の時代でもそういうの手動でやるのねえ。なんだか機械でできちゃいそうな気がするけど。ほら、なにせ年寄りだから」

なぜか腹の底をざらりと撫でられたような気がした。形容できない不快感。続いて、猛烈な反発心が湧きあがってくる。

「すみませんがもう玲央を迎えに行く時間で……」

「そうよね、そろそろよね。行ってらっしゃい」

自分がここに留《とど》まるのは当然とばかりに、貴婦人はひらひらと手を振った。

いったいなんの権利が。爪先から苛立《いらだ》ちが湧きあがってくる。きちんと揃えられた合皮のシューズを踏みつけてやりたい気分になりながら、コートを羽織ってサンダルを突っかけ、コンビニ前へ向かった。

いつも一緒にはなるがとりわけ仲良くもないママさんたちが既に来ている。十秒に一回は前髪を撫でつける小柄なママさんと、うつむいてスマートフォンをいじってばかりいる猫背のママさん。軽く目礼し、冷えた指先を擦り合わせてバスを待つ。

この中で言ったら、いちばんきれいなのは自分かな。おかしな来客の再訪中でそれどころではないのに、そんな思いがひっそり浮かぶ。同性が集まると脳内でルックスの順位を考えてしまうのは、昔からの悪い癖だ。

白地に花と動物が描かれた園バスが、通りの向こうからやってくる。ウィンカーを出したバスは路肩に停車し、先生に続いて玲央が勢いよく飛び出してくる。今日も元気いっぱいでした、給食の野菜炒めをお代わりしましたと先生から簡単な報告を受ける。

「ぼくねえ、きょうねえ、じょうずにかけたんだよ。くまさんのえ」

「へえ、熊さん描いたの？」

「うん。それとね、うさぎさんも。うさぎさんはにんじんのロケットでね、ゴゴゴーッてとんでいくの。おつきさままで」

「そっかあ、すごいねえ」

家に戻ったら、もう帰っていてくれないかな、あの人。そんな願いをこめて玲央の湿った手を強く握りながら、腐りかけた落ち葉を踏みしめ、自分の影に足を入れるようにして歩く。玲央はたびたびしゃがみこみ、まだ鮮やかさを残した黄色や赤の落ち葉を大切そうに拾いあげた。重ねたり陽《ひ》に透かしたりして吟味し、最終的に選び抜いた数枚を園バッグにねじこんでいる。どのような基準でか落選した葉っぱたちは玲央の手から放たれ、くるくると回転しながら再び舗道に舞い落ちた。

鍵を開けて玄関扉を開くと、そこにある靴で玲央はもう気づいたようだった。

「あっ、ロコちゃん？　来てるの？　やったー！」

「そうですよお。ロコちゃん来ましたよお」

貴婦人がすーっすーっと足を擦り、コーヒーのにおいと一緒に玄関に姿を現す。

——「路子」と書いて「みちこ」って読むんだけれどね、道路の「路」だからみんなに「ロコ」って呼ばれるの。ロコちゃんって呼んでね。

初対面のとき、貴婦人は玲央にそう語りかけていた。ロコちゃん。そんな呼び名、採用してあげなくていいのに。心の中で歯噛みしてしまう。

人懐っこさや社交性は亘良に似たのだろうか。玲央は初対面から貴婦人になじんでいた。もしくは親に気を遣って客人をもてなしているつもりなのかもしれないと注意深く見ていたのだが、その表情やふるまいに何か繕《つくろ》っている様子はなかった。

「今日は玲央くんにプレゼントがありますよお」

後ろ手に持っていた包みを、貴婦人は差し出した。B6くらいの大きさの紙袋。あの安っぽいトートバッグに、これを入れてきたらしい。

反射的に手を伸べて包みを受け取った玲央は、貴婦人とわたしの顔を交互に見る。

「あけていい？　ママ、あけていい？」

「いいけど、手を洗ってからにしたら……」

「わーっ、クレヨンだー！」

わたしの言葉が終わる前に、玲央は包みを破っている。知らないメーカーの、小ぶりな箱に入った十二色のクレヨン。いかにも百円ショップにありそうな代物だけれど、四歳児を歓喜させるには充分魅力的らしい。靴を履いたまま飛び跳ねて喜ぶ息子を、もう安普請のマンションの頃のように「下の階に響くから跳ばないで！」と叱る必要はない。

「そしたらぼく、ロコちゃんにきれいなはっぱあげる！　さっきひろったの！　はいどーぞっ」

「まああ嬉しいわあ、きれいねえ。これ、ノートに貼ったりしてもきっとたのしいわよねえ」

幸福そうに微笑む貴婦人に、なんと御礼を言うべきかしばし考えた。松田と浜谷の質疑応答は、既に前世の記憶ほど遠ざかっている。

「いいじゃないか。家に活気が出て」

夫の反応はのんびりとしたものだった。少し残業して帰ってきて、わたしの作ったペペロンチーノをつるつると啜《すす》っている。ソファーの横にはやっぱり脱ぎ捨てられた靴下が転がっている。

「活気……」

「家っていうのはやっぱさ、人が出入りしてなんぼなんだよ。玲央も遊んでもらってるんだろう？俺からもよろしく言っておいてくれよ」

「だからあの、そうじゃなくて」

温度差がもどかしく、わたしは額に手をあてる。先に食事を済ませた自分と玲央の食器を食器洗浄機にセットしながら、溜息《ためいき》がこぼれる。

ロフトの真下のスペースで、玲央がプラレールを広げて遊んでいる。夫の亘良が「男の子が生まれたら買ってやるのが夢だったんだ」とクリスマスに買い与えたものだ。八月生まれの獅子《しし》座だからレオ。この家に移った直後に四歳になった彼は最近、自力で複雑なレールの組みかたができるようになってきた。

「さすがにそろそろ不動産屋に相談しようかなって……」

「いいよいいよ、しなくていいだろうよそんなん」

はい、言うと思った。膝から力が抜ける。

亘良の社交性は美点だけれど、性善説に偏りすぎているように感じられて、時にものすごくじれったさを覚える。金銭感覚や食の好みは合うのに、他人が絡んだときの考えかたはどうしてもぴったりとは重なり合わない。形や色はよく似ていても、重ねると個体差が明確になる葉っぱのように。

週一ペースで我が家を訪れることを、貴婦人はすっかり習慣化してしまったようだ。水曜か木曜の十四時前後にチャイムを鳴らす。金曜のこともある。土日や祝日を避けるのが、最低限の遠慮のつもりなのだろうか。

何をするわけでもない。とりとめのない話を（ほとんど一方的に）し、それとなく家の中を確認するように見て回り、わたしの淹れる濃いコーヒーを飲む。その間に玲央が帰ってきて、小一時間ほど共に過ごしたあと、名残《なごり》惜しそうに部屋中を見回しながら帰ってゆく。わたしが仕事やプライベートに使えるはずの時間が削られて終わる。

年が変わったら来なくなるかもしれないといううっすらとした期待は打ち砕かれ、松の内が過ぎるや否や貴婦人はやってきた。玲央への土産《みやげ》のチョコレートを携えて。二度目以降、何らかの手土産を持参するようになったのだ。スーパーで買える茶菓子の類《たぐい》だったり、百円ショップで売っていそうなスケッチブックやサインペンのセットだったりする。それらを受け取ってしまっている以上、今になって迷惑ですとは言いづらい。

せめて、来る前に知らせてもらえたらいいのに。一瞬そう思った自分に、ひどく慌てた。連絡先の交換なんてしたら、継続的な来訪に同意していると思われかねない。

「どうせ希恵、全然友達呼ばないし、来客があったほうがこの家も喜ぶでしょ」

「……でもさ、あの人をもてなしてる時間があったらわたし、もっと家事とか仕事とかできるんだよ？」

「家事なんて溜《た》めといて構わないし、仕事はそんなにがつがつやらなくていいって言ってるっしょ？　ローンは俺の稼ぎでどうにか返していくしさあ、希恵にはのんびり過ごしてほしいんだよ、俺は」

ああ、だめだ。嚙み合うはずがない。

自分のことを寛容で理解のある夫だと思っている（あるいはそう思いたい）らしい亘良は、事あるごとに「そんなにがつがつやらなくていい」「無理に仕事なんかしなくていい」と言ってくる。でも、家事は怠けたらそのツケを自分で払うことになるし、仕事は仕事でがっつりスキルアップして評価も報酬もほしい。ただ日々を漫然《まんぜん》と過ごすためにこの家を手に入れたわけじゃない。

「異文化コミュニケーションっつーの？　母さんたちもそんなに頻繁《ひんぱん》に来れるわけじゃないからさあ、お年寄りと接する機会があるのって玲央にとってもいい刺激になると思うんだよ」

サラダのブロッコリーにフォークをぶすりと突き立てて、そんな耳当たりのいい弁を述べる。

宮崎県生まれのわたしと青森県生まれの亘良は、それぞれ仕事で出てきていた東京で出会った。付き合いが深まる頃にはふたりとも都会の生活が気に入っていて、南でも北でもなくここで暮らそうという話にまとまった。それまでの仕事を調整し、手放すものを手放して、互いの故郷のちょうど中間くらいの地点に根を下ろすことにしたのだ。それからずっと、自分たちの居心地のいい空間を作り上げることについては手間もお金も惜しまずにやってきた。

もしかしたら自分がうんと狭量なのかもしれないと、わたしだって少しは考えた。昔から、居住空間を他人に侵されるのが好きではない。「希恵ちゃんはあんまりおうちに呼んでくれなかったよね」と幼なじみから苦笑混じりに言われたことさえある。読んでいて最もストレスの溜まる本は、エドワード・ゴーリーの『うろんな客』だ。

ただ、なんといっても貴婦人はこの家の前の住人であり、この家を作った人でもある。この家の隅々にまで、五木田夫婦のセンスや手入れが行き渡っている。だから無下にできないのがつらいのだ。

「ねえ、そもそもどうしてあの人たちは家を売ったのかな。あんまり詳しい事情は聞いてなかったよね」

あまりに嚙み合わないので、話題のベクトルを少しずらした。

不動産会社の営業マンなんていかにも商売っ気が強そうで、物件を売るためならなんでもやりそうだという偏見を持っていたわたしは、若い男性担当者のスマートさを意外に思ったのを覚えている。実際に売買を成立させているのだから無論かなりのやり手ではあるわけだけれど、売り主の事情については ほとんど触れず、一貫して顧客のプライバシーを守ろうという強い意志が感じられる態度だった。

手放さざるを得ないような落ち度がこの家にあるわけではないことを強調した営業担当は、「老後はご夫婦でシンプルに過ごされたいとのことです。大きなおうちのお手入れはなかなか大変ですしね」といった最低限の情報のみ共有した。こちらを引き払った後は都内のマンションに住まわれるそうです、と。その落ち着いた声の響きには、こちらからの詮索を封じる力があった。

「たしか賃貸に移ったんだよね、あのご夫婦」

「ああ……そう言ってたっけか」

「築二十一年ってことはさ、建てた時点で貴婦……あの奥さん、五十は過ぎてたはずだよね。終《つい》の棲《すみ》家《か》のつもりじゃなかったのかな。なにかあったのかな」

「掃除とか手入れが大変とは言ってたけどね。そんなに気になるなら直接訊いてみたらいいじゃん」

「訊けるわけないじゃない！　『この家に未練があって通ってるんですか』なんて言えっての？」

「ぼく、ロコちゃん好きだよ」

夫婦の会話に突然、幼い声が割りこんだ。はっとして息子に顔を向ける。

「ロコちゃんね、ぼくのえをね、ほめてくれるんだよ。とってもじょうずって」

一瞬言葉を失って、わたしは玲央の小さな顔を見つめる。ぱっちり二重まぶたの両目とその上に揃った淡い眉毛は夫に、通った鼻筋と小さめの唇はわたしに似ている。

「もう大人の会話に入ってこれるんだもんなあ、すごいなあ玲央は。賢い賢い」

亘良は満足そうに玲央を見遣《みや》って雑に褒めると、もう話題を切り替え、他部署にいる同期が三人目の子どもを授かったらしいと話し始めている。


エスニックな香辛料に、イタリア直輸入のワインに、リボンの形にねじられたパスタ。亘良の大好きなレバーペーストに、玲央の健康を損ないにくそうなオーガニックのポテトチップス。カートを押しながらゆったりと歩き、手に取った商品でかごを埋めてゆく。

普段は庶民《しょみん》向けの安いスーパーを使っているけれど、たまに足を延ばして、隣町との境にあるやや高級な大型スーパーへ買い物に来る。全体的に価格の高い商品が多いものの、近所では見かけない輸入食品や調味料、ナチュラル系のお菓子や契約農家の卸した有機野菜なんかが豊富に取り揃っていて、来るたびについつい散財してしまう。普段よりちょっぴり上等な自分になった気がする効果も大きいと思う。何より、たまには普段と違う店で食材調達しないと、日々の献立がマンネリ化してくるという問題がある。

海外の商品はパッケージの色合いやデザインがおしなべて独特で、購入したものを自宅のテーブルに並べただけでもずいぶん「映《ば》える」だろうな。でも自分がそれをしないことを確信しながら、チルアウト系の音楽が流れる売り場に歩みをめぐらせる。

SNSで誰かの生活の断片を見るたびに、自分もなにか差し出さなければならないような気になって、新居に移ったのを機にInstagramの更新を日課にしてみた。サボることものめりこみ過ぎることもなく、しばらく淡々と続けていた。地元の友人たちからの反応に、純粋な好意や共感以外の何かが混ざりこんでいることに気がつくまでは。

自分への引越し祝いとして少し気張って買ったコスメ、瓶《びん》のデザインがかわいいフランスのジャム、カラフルなマカロニを使ったサラダ。どうということもない写真の数々がなぜだか、わたしを悠々自適に暮らす気取った主婦に見せたらしい。

『すごっ、デパコスなんて何年も買ってないわ（汗）。ワンランク上の生活素敵です♥』

『さすが希恵、ザ・丁寧な暮らしって感じ！　東京に行く人は違うな〜』

『希恵の旦那さんのお勤め先、上場企業だもんね♥　うちらとは格が違うっす。レオくんも舌の肥えたお子さんになりそう！』

被写体ではなく撮影者への、微量な棘《とげ》を含んだコメントたち。わたしのまったく意図せぬ位相から選ばれた言葉を貼りつけてくる彼女たちの投稿は、なるほどプチプラコスメや高見え雑貨や節約レシピの情報にあふれ、わたしは自分が「やらかして」いたことを知った。

うちだって増税や物価高騰に苦しんでいるし、家のローンも玲央の学費も肩にのしかかっている。けっして高級スーパーに毎日通えるような身分ではない。

それでもきっと、宮崎の田舎町を出ずに一生を送る彼女たちの暮らしとは歴然とした地方格差があるのだ。近所にコンビニもないエリアで育ち、川や神社を遊び場にしていたわたしはもう、彼女たちにとって「東京に行く人」になってしまった。彼女たちほど切り詰めた生活をしているわけではないというだけで、なぜだか少しうしろめたい。心の中で容姿ジャッジする習慣があることよりも、ずっと。

最近は更新頻度を落とし、過度に映えないもの、友人たちの神経を刺激しなそうな無難なものばかりを切り取って投稿している。コメントに含まれる棘はなくなったものの、時折ひどい虚《むな》しさに襲われる。

胸にじわりと滲《にじ》んだ苦味を押しやるように、乳製品のずらりと並ぶ冷蔵ショーケースに手を伸ばした。近隣ではここでしか買えないフランス産のガーリック入りチーズは、家族全員の好物だ。毎週日曜の朝は、厚切りにして焼いたバゲットにこのチーズをたっぷり塗りつけて食べるのだ。

銀紙に包まれた持ち重りのするチーズをかごにおさめながら、そうだオリーブの瓶詰めもほしかったんだと思いだす。加工食品コーナーに戻るべく体の向きを変えたとき、通路の向こうに見慣れたベレー帽が見えた気がして足が止まった。

ぶどう色のベレー帽からこぼれる白髪、ツイード地のペンシルスカート。間違いなく貴婦人だ。加工食品のコーナーで店員を呼び止め、しきりに何か話している。

この町に住んでいるらしいということは、最近会話の流れでようやく知ったことだ。わたしたちには「旦那さんはいつも何時頃帰っていらっしゃるの？」だの「玲央くんはどんなおやつ食べてるの？」だのなんでも遠慮なく質問を浴びせるくせに、自身については近況や来歴にほとんど触れず、ただただあの家に住んでいた頃の思い出話ばかり滔々《とうとう》と語る。居住地を聞き出せたのはある意味奇跡だった。けれど、そうか、彼女もこのスーパーを利用していたのか。新鮮な驚きが胸を満たす。

会話が聞こえる距離まで近づいて、什器《じゅうき》の陰からそっと様子を窺った。貴婦人はかごを左の肘《ひじ》にかけ（カートを使えばいいのに）、右手にジャムの瓶を持っているようだ。あ、あれ知ってる、「世界の恵みジャム」だ。いちじくのやつとアプリコットのやつが、特においしい。

「……まあ、じゃあ本当に間違いなく、このお値段なのね。なんだか信じられないわねえ」

いつものように語尾を引いて話す声が響く。ええ、ええ、と女性店員が対応する声が聞こえる。

「こちらも先月からお値上げ対象になっていたようでして、大変申し訳ございません」

「そうなのねえ……前はね、五百円しなかったんですのよ。さすがに七百八十円っていうのはちょっと、あんまりじゃないかと思ったものだから」

「大変申し訳ございません、メーカーの都合でして……」

高級スーパーだけあって口調は丁寧だけれど、黒い髪を後ろでひとまとめにした店員は、どこか面倒くさそうな様子を隠しきれていない。よくあるクレーム対応をマニュアル通りこなし、謝罪のフレーズにほとんど自分の感情を乗せていないように見えた。

わたしは再び体の向きを変え、カートを押しながらゆっくりとその場を離れた。オリーブの瓶詰めは諦めなければならない。貴婦人の立っている目の前の棚に置かれているのだから。

それよりも、コーヒー豆を買わねば。きっとこれからも頻繁にやってくる、招かれざる客のために。

ふたりで汚したお皿やコップを食洗機にセットしてスタートボタンを押すと、そのピッという音を合図にしたかのように、夫がテレビを消した。報道なんだかバラエティなんだかよくわからない番組で繰り広げられていたお笑い芸人とアナウンサーのやりとりが、ぷつりと途切れる。「食べ物を喉に詰まらせて亡くなる人って、年間四千人くらいいるんですって」「そんなにですかあ?」という最後のやりとりが、妙に耳に残った。

平日の日中、夫が家でくつろいでいる姿を見るのは、なんだか奇妙な感じだ。

有給休暇が溜まっていたことを総務部に注意され、急遽《きゅうきょ》取得することにしたのだという。亘良はいわゆる中間管理職だけれど、有休をきっちり部下に取らせるだけでなく自分も定められたペースで消化していかないと、36協定《サブロク》に引っかかるのだそうだ。

午前中は朝食を作ったり掃除をしたりと一緒に家事をやっていた亘良は昼を前にして離脱してしまい、リビングでひとりごろごろとくつろぎ始めたので、裏切られたような気分になった。

やることもなくだらだらするなら、ランチにでも行きたかったな。夫婦ふたりきりの時間なんて今や貴重なんだし。ソファーの肘掛けに載せられた黒い頭頂部を恨みがましく見つめる。その脇にはやっぱり脱いだ靴下が転がっている。

「ねえ、こっち来たらー?」

ふいに飛んできた呑気《のんき》な声を黙殺して、水栓の回りの水垢《みずあか》をメラミンスポンジでごしごし擦る。名前のついた家事しか存在しないと思っているんだろうな。ハンドソープもシャンプーも洗剤も、妖精さんが入れ替えていると思っているんだろうな。明日資源ごみの日だからリサイクルの紙類をまとめておいて、とか頼んだら沈黙するんだろうな。今のところは、それでいい。

「希恵ちゃーん」

またしても呼びかけられる。なんだかなあと思いながら水垢の掃除をした手をざっと洗ってタオルで拭き、ソファーへ向かう。食後のコーヒーも淹れていないのに並んで座ってどうするのかと思ったら、半身を起こした夫の大きな手が伸びてきて抱き寄せられた。

「え、ちょっと」

「希恵ちゃん」

亘良はわたしを抱えると、そのままソファーに倒れこむ。ふたりぶんの体重を受け止めた座面の奥で、コイルがぎしっと音をたてて軋《きし》む。

「え、え、え」

戸惑いの声を無視して、亘良はわたしが動かないようガードしながら器用にソファーの背もたれを倒した。広くなった座面にあらためてわたしを押し倒すと、唇を寄せてくる。左手は腰のあたりを押さえつけ、右手がカットソーの中に潜りこんでくる。

彼が自分を「ちゃん」付けで呼ぶときは行為に誘っているのだと知っている。でも、まだ昼間だ。この人はいつの間に〝その〟スイッチが入ったのだろう。バルコニーに面した窓のカーテンがさりげなく閉められているのも、まさかテレビを観やすくするためではなかったのだろうか。

そりゃあ恋愛中は時間も場所もたいした問題でないとばかりに交わっていたけれど、わたしたちももう三十四歳だし、最近どちらかというとレス気味だったし。

「ちょっと……」

「いいじゃん」

押しつけられた唇は、昼にきのこの炒め物に使ったレバーペーストの味がした。せめて歯磨きしてからにしてほしかったな。胸の中でぶつぶつ文句を言いつつも、早々に抵抗心を手放している自分に気づく。自分も乗り気だったことにしてしまったほうが、後からもやもやしないで済む。それに、他人から適度にかけられる体の重みは、意外な心地よさをもたらすものだ。

脚が絡み合い、吐息が熱くなる。ひとしきり胸を揉《も》んだ手がするすると下りてきて、わたしのコットンパンツのホックを外す。彼の作業に協力するべく腰を浮かせる。

ああこの感じ、なんか久しぶりだな。すっかり夫のテンションに搦《から》めとられ、ぼーっとした頭でされるがままになる。押し倒されて低くなった目線の延長上に、水色のクレヨンが転がっているのが見えた。

二月半ばのこの時期、ボトムスを脱がされ露出した脚は肌寒さを覚える。亘良は昔から変わらず体温が高いな。避妊はしなくていいのかな。まさか、三人目ができたという同期の人に触発されてる？わたし的には、子どもは玲央ひとりでいいと思っているのだけど――。

りん、ろん。

突然、クリアな音が響き渡った。わたしたちはびくりとして動きを止めた。

りん、ろん。

もう一度鳴る。意志を持ったその鳴らしかたで、もうわかる。ボタンを深く押しこんで一拍置くようにチャイムを鳴らすのは、あの人以外にいないのだ。

居留守を使う気にはなれず、わたしは自分にのしかかった夫の体を押し戻して着衣の乱れを直し、ソファーから下りる。

「……まじかよ」

下半身を露出させたまぬけな恰好《かっこう》のまま亘良はぼそりとつぶやき、それから諦めたように下着とチノパンを引き上げた。インターフォンのモニターに、ぶどう色のベレー帽が当然のように映っている。

「玲央くんは最近、どんな遊びが好きなの?」

貴婦人に笑顔で話しかけられ、クレヨンを握りしめた息子は目を泳がせる。この間床に転がっていた水色のクレヨンは、今はきちんと箱に収まっている。

あんなことがあってからも──と思っているのはわたしたちだけだが──貴婦人は変わらぬペースでやってくる。亘良とわたしが抱き合っていたソファーに腰かけ、部屋中を無遠慮に眺め渡す。わたしの淹れた濃いコーヒーを飲んだあとは、玲央と一緒にソファーへ移動するのだ。

バス通りの向こうの公園では、桜の花がそろそろ見頃だ。来週あたり花見をしようと、亘良と計画している。

「幼稚園ではあれが流行《はや》ってるよね。ほらあれ、なんとかレンジャーごっこ」

珍しく口ごもっている玲央に助け舟を出すつもりで横から言葉を挟むと、貴婦人はいつになく低いトーンで言った。

「幼稚園で流行っているものじゃなくて、玲央くんの好きなものを訊いているの」

ああそうですか、はいはい。まるで姑《しゅうとめ》みたい。もはや声を発する気にもなれずに、林檎《りんご》の表面に果物ナイフを滑らせる。昨日、本物の姑からダンボールで届いたものだ。

もしもこの先の人生で一種類しか果物を食べることが許されないとなったら、わたしは迷わず青森県産の林檎と答えるだろう。宮崎のマンゴーも捨てがたいし、山梨のシャインマスカットも栃木の苺《いちご》も山形のさくらんぼも素晴らしいけれど、常食するものとなると選定基準が変わってくる。

八つに切り分けた林檎のうちふたつを、玲央のためにさらに細かく、角切りにする。ガラスの器に盛りつけてフォークを添え、ソファーの前のローテーブルに運ぶ。

「よろしければどうぞ。ちょっと旬は過ぎちゃってますけど、津軽林檎です。ほら、玲央も」

「まあまあまあまあ、いただくわ」

フォークを持つ手もやはり、小指だけを立てている。どうすればそんなふうになるのだろう。笑いをこらえつつ、自分も林檎にフォークを刺す。そろそろシーズンも終わりかけているものの、まだしゃきしゃきとした歯ざわりを楽しめるほどのみずみずしさを残していた。

「おいしいわねえ、やっぱり青森の林檎は違うわあ」

「ですよねえ」

思わず力をこめて同調する。なんだか今日は調子が狂う。夫の郷里の名産品を褒められて、自分自身が褒められたかのような誇らしさを覚えている。床に座ったわたしの隣で、画材を脇へ寄せた玲央も林檎を食べ始める。しゃくしゃくしゃくしゃく。三人の咀嚼《そしゃく》音が重なる。

よく磨かれた眼鏡の奥の両目を細めて林檎を味わう貴婦人を見ながら、スーパーで見かけたときのことをわたしは思い返していた。店員をつかまえてジャムの値上がりを嘆いていた姿を。しゃんと伸びているのにひどく頼りない、小さなその背中を。

さすがにもう、気がついている。ベレー帽もコートも服も質の良さそうなものだけれど、いずれも年季が入り、くたびれた気配がしている。きっとこの人はもう、この家を建てた頃のような裕福な暮らしはしていない。隅々まで気に入っているというデザイナーズ住宅を他人に明け渡す理由なんて、経済的な逼迫《ひっぱく》以外に何があるというのか。夫の会社の倒産か。事業の失敗か。連帯保証人になって逃げられたか。想像は新たな想像を連れてくる。大好きなコーヒーをインスタントでしか飲めない生活なのかもしれない。

この家での暮らしも、この家そのものも、きっと彼女が豊かだった時代の象徴なのだ。そんな頃がたしかにあったことを確認しないと、自分の心を支えられなくなっているに違いない。

加えて、純粋な人恋しさも多分にあるだろう。他人の都合を考えられない身勝手さ、言葉の奥にある真意を読み取れない鈍さ、夫婦の営みを邪魔してしまう間の悪さ。とてもじゃないが、豊かな人間関係を構築し充足した生活を送っているとは考えにくい。でもここへ来れば少なくとも、四歳児が歓迎してくれるのだ。

んがっ、と変な声がした。次の瞬間、玲央の頭がごん、とテーブルを打った。

「――ちょっと！」

悲鳴のような声を上げたのは貴婦人が先だった。

んん、ぐ、ふぐっ。テーブルに伏した玲央は苦しそうに呻《うめ》きながら身をよじらせる。その手が喉のあたりを押さえている。ひゅーひゅーと不穏な音が喉から漏れている。

「林檎を詰まらせたのよ！」

貴婦人が貴婦人らしからぬ大声で叫ぶ。嘘だ、ちょっと、嫌だ、なにこれどうしよう。嘘嘘嘘。頭が真っ白になり、手がわななく。〝食べ物を喉に詰まらせて亡くなる人って、年間四千人くらい――〟。

「玲央っ！」

トレーナーを着たその背中に飛びつき、夢中でさする。

「玲央！　大きく咳《せき》できる⁉　ゲホンって、ゲホンってしてて！　吐き出せる？　ねえ！」

「貸してっ」

ソファーから回りこんできた貴婦人が、思いがけない強さでわたしを突き飛ばした。片膝を立て、その上に玲央をうつ伏せにして乗せると、左手を彼の顎に回して口を開かせる。ばしん！　ばしん！　肩甲骨のあたりを右手で勢いよく叩《たた》き始めるのを、わたしはくるみ材の床に尻もちをついたまま呆然《ぼうぜん》と見ていた。

うっ、ぺっ。玲央の口から白っぽいものが吐き出された。貴婦人はそれを素手で受け止める。

「出た！」

貴婦人が叫び、玲央の体を抱き起こした。ぼんやりと顔を上げた玲央の口から、よだれが垂れて光っている。紙のように真っ白だったその顔に、みるみる血色が戻ってゆく。

「……玲央！　玲央っ」

息子の体にすがりつき、そのたしかな温かさを確認すると、あらためて震えが稲妻のように全身を走り抜けた。一瞬あらゆる可能性が脳裏を駆けめぐったことを思い、強烈な安堵《あんど》がこみあげる。涙が滝のように勢いよくあふれだす。

「玲央……！　ごめんね、ごめんねえ」

小さな体を抱きしめて、獣のように泣いた。わあんわあん、わあああ。客人に見られていることも厭《いと》わず激情に身を任せて咆哮《ほうこう》した。泣いても泣いても足りない気がした。

「ママ、ぼくもう、だいじょうぶだよ」

息子の細い声に、涙と鼻水でぐちゃぐちゃになった顔を上げる。窓の外がさっきよりも一段暗くなっている。時を忘れて泣きじゃくっていたことに気づき、大きく息を吸いこんだら、気道がふるふると震えた。玲央の小さな湿った手がわたしの頬《ほほ》を包んでいる。

いつのまにか、貴婦人の姿はなくなっていた。


予定より早く帰ってきた父親がインターフォンのモニターに映っているのを見て、玲央は慌てたように画材をローテーブルの下に押しこみ、プラレールの入ったかごを引っ張りだしてきた。

「花散らしの雨ってやつかなあ」

亘良のスーツの肩には、細かい雨粒がびっしり貼りついている。久しぶりの雨だった。

リビングダイニングに顔を出した亘良は、レールをつないでいる玲央を見て「おっ！　やってるかあ」と満足げに声をかける。玄関脇の洗面所に入ってゆくその背中に、思わず問いを投げた。

「ねえ、玲央のいちばん好きな遊び知ってる？」

「へ？」

意表を突かれた顔で夫はふりむく。ぱっちり二重まぶたの両目とその上に揃った淡い眉は、息子によく似ている。でも玲央の性格は、わたしたちのどちらにも似ていないように思える。

「幼稚園で流行っているものとかじゃなくて、玲央の好きな遊び。なにか知ってる？」

「え、なになに、急に。プラレールでしょ？　今まさにやってるじゃん」

「あのね、お絵描きだよ」

「――えっ？」

「玲央ね、お絵描きがいちばん好きなんだよ。幼稚園で描いてきた絵、ちゃんと見たことある？　すごく上手《うま》いよ。プラレールはあなたの前でしか遊んでないよ」

息を呑む夫をそのままに、キッチンに戻る。コンロを点火し、ミネストローネの鍋を温め直す。いつもより控えめなうがいの音を聞きながら、夫のためにリボン形のパスタを茹《ゆ》でる。れんけつしまーす。玲央の無邪気な——無邪気さをわずかに誇張したような声が聞こえる。

あのあと自分でも調べて、背部叩《こう》打《だ》法について知識を得た。食べ物を喉に詰まらせたとき異物を取り除くための、ポピュラーな対処法。全然知らなかった。林檎は角切りにすると詰まらせやすいと言われていることも。自分はなんて愚かな母親だったのだろう。思い返すたび肝が冷える。

デパートコスメだの容姿の優劣だのはどうでもよくなってしまい、ノーメイクで過ごす日も増えた。Instagram は開くことさえなくなった。

あれからもうふた月近く経っているが、貴婦人の訪れはない。体調を崩しているだけかもしれないし、海外旅行にでも行っているのかもしれない。でもきっと違う。もう二度と現れないだろうという不思議な確信があった。

「もうひとつお知らせがあるの」

複雑な表情で食卓についた夫に、さらに声をかける。アフリカンローズの一枚板のテーブルは、その整った顔が映りこむほど磨きあげてある。

「今度はなに」

「仕事、なくなっちゃいそう」

昨今、ＡＩ技術が発展を遂げ、実用向け自動文字起こしシステムが広く流通し、我々の提供するサービスにけっして少なくない影響が、云々《うんぬん》。ライター登録している会社からの通達には長ったらしい文章が綴《つづ》られていたけれど、要は自動反訳《はんやく》機能に人力での仕事が奪われつつあり、これまで通りのボリュームや内容での依頼ができなくなるということだった。

夫は頬の緊張を緩め、どこかほっとしたような表情になった。

「まあ、時代の流れだからしかたないよな。これを機にいったん専業主婦になってみたら」

「そうしようと思う」

予想外の即答だったのか、亘良はぱちぱちと瞬《まばた》きをする。それから思いだしたようにテーブルの下で自分の足首を引き寄せ、靴下を脱ぎ始めた。わたしは鋭く声をかける。

「あっ、その靴下、洗濯機に入れてきて。今すぐ」

何か言いたげに開きかけた唇を閉じて夫は立ち上がり、再び洗面所へ向かった。その間に器にミネストローネを盛りつけ、茹であがったリボン形のパスタをたっぷり入れる。テーブルに運んでいったとき、視界の隅でなにかがきらりと光った気がした。近づいて床からつまみあげる。雪のように真っ白な髪の毛だった。

雨の音に呼ばれたような気がして顔を上げる。カーテンを閉め忘れていた窓には、どこにでもいる主婦の顔が映りこんでいる。ガラスを打つ雨粒はどんどん大きくなってくる。窓の向こうの庭では、奇妙な客人が現れた頃には地中に埋まっていたアネモネやヒヤシンス、フリージアの花たちが顔を出し、久々の雨にそれぞれの体を委《ゆだ》ねている。

手に持ったままの白髪に気づき、キッチンのごみ箱に捨てに行く。とりあえず、今夜はうんと濃いコーヒーを淹れよう。また思いがけない来客があるかもしれない日々を生きてゆくために。

風向きによっては

ビーチからは青く見えた海は、ボートで沖へ進むにつれ水色と緑の中間のような色合いになった。インクを溶《と》かしたような色の水の中へ、足を入れる。

専用の梯子《はしご》は横幅が広く、現地人のおじさんであるインストラクターと並んで上り下りできるようになっている。足元のよるべなさに身がすくんだが、砂地に足がつくとどうということもなかった。海底から見上げると、太陽は輪郭のぼやけた白く強い光の円に見える。

続いて女もボートから海に入り、おじさんに腰を支えられながら梯子を下りてくる。女を海底に下ろすとき、おじさんは女の尻をつかんだ。俺には「ハイダイジョウブ、ダイジョウブ」と声をかけるだけで指を触れさえしなかったのに。

なんとなく耳にしたことはあったが、シーウォーカーというやつを体験するのは初めてだった。ずいぶん前から人気のアクティビティであるらしい。すっぽりかぶったヘルメットには船上のタンクから酸素が送りこまれ、海中で呼吸ができるのはもちろん、顔も髪もまったく濡《ぬ》れない設計になっている。眼鏡《めがね》も化粧も髪型もそのままでいい上に、泳げなくても海中散歩を楽しめるというのは、たしかにハイテクで画期的だ。

ただ、恰好《かっこう》はまぬけだ。首から上は宇宙飛行士のようなヘルメット、首から下は水着。そんな姿で並んだ俺たちに、おじさんは早くもカメラを向けてきた。水中撮影用にハウジングされたカメラだ。どうせあとで写真を買わされることになるのだからと、女と肩を寄せて愛想よくポーズをとる。

水族館でしか見たことのないような魚が頭上を泳いでゆく。水はどこまでも透明で、はるか前方にダイバーとおぼしき黒い人影が見える。女が俺の手をつかんだ。ふたり手をつなぎ、おじさんの後ろをついて進む。浮力があるせいで、砂地を踏みしめている感覚が淡い。小さな手を握りながら、月面みたいな海底をふわふわと歩く。

ひと月前に出会ったばかりのこの女の来歴を、俺はほとんど知らない。年齢も居住地も本名も、こっそりパスポートを見て確認するまで完全には信用できずにいたくらいだ。

池袋《いけぶくろ》のバーで声をかけたのは俺だった。カウンター席の隅でひとり思いつめた様子で呑《の》んでいた彼女は、形容しがたい独特のオーラを放っていた。

バーにはそういう文化があると理解していたのだろう、いきなり隣に座ってきた俺を彼女は拒まなかった。人形みたいに長くふわふわした明るい色の髪と、そこからのぞく白い首筋が俺の目を引いた。こちらを見上げる瞳は嘘《うそ》みたいに大きく、少女漫画みたいに潤んでいて、憂いと好奇心を宿して輝いていた。

撮りたい、と思った。この女を撮りたい。性欲みたいに激しく突きあげてくる欲求に俺は支配された。実際、性欲も混じってはいたわけだが。

「好きな人がふたりになっちゃって、どうしたらいいかわからないの」

カルーアミルクを呑みながら、女は子どもみたいにべそべそと泣いた。

「じゃあ、いっそ三人にしちゃう？」

自分を指して言うと、彼女は呆気《あっけ》にとられた顔をした。でも拒絶はしなかった。むしろ、自分に革命を起こしてくれる誰かが現れるのを待っていたかのようにも見えた。

俺自身の人生にも革命が起きているタイミングだった。趣味でぽつぽつと撮り溜《た》めていた写真をSNSに上げていたら美術系の出版社の目に留まり、フォトブックを出版して半年近くが経《た》った頃だった。既に獲得していたファンが熱心に広めてくれ、メディアでも取り上げられるという幸運な流れで、無名の新人のデビュー作としては異例の売上を記録した。「エモ」ブームにうまく乗ることができたかたちだった。

増刷を重ね、結構な額の金が手元に入ってくると、なんだか急にタガが外れたようになって、勤めていた不動産会社をふわっと辞めてしまった。この金を資金として、どこか南の島で写真を撮りながらゆっくりしようと考えていた。担当編集者に二冊目を期待されてもいた。

「一緒に行く?」と誘ったら、彼女はあっさり「行く」と応じた。そこからはあっという間に事が進んだ。

渡航先としてこの島を選んだことに、たいして大きな意味はない。フィリピンはセブ島の東海岸、セブ市の沖合《おきあい》数キロのところにある、マクタン島という小さな島だ。英語ができるわけじゃないし元来ものぐさだから、日本人に人気のビーチリゾートで検索し、海のきれいさや利便性に惹《ひ》かれただけだ。俺はそのくらい単純でいいかげんな人間だった。

出会って三週間しか経っていない女が本当に一緒に行ってくれるのかという不安はあったものの、出国当日の朝、女は俺より早く成田空港の第2ターミナルに到着して待っていた。淡いオレンジのスーツケースに浅く腰かけて、フランス人形みたいないでたちで。

大きめの珊瑚《さんご》があるポイントで、前を歩いていたおじさんが足を止めた。海パンのポケットから小ぶりなプラスチックの容器を取り出し、それぞれに手渡してくる。百円ショップで売っているような容器で、蓋《ふた》部分には穴がいくつも空けられており、中には茶色くてぼろぼろしたものが詰まっている。

ヘルメットの奥の笑顔で「ドッグフードね」とおじさんが言う。くぐもった声ながらちゃんと会話できるのが妙な気分だ。

「シェイク、シェイク」

ジェスチャー付きで言われて、容器を握った手をぶんぶん振った。蓋の穴からドッグフードが水中へ流れだしてゆく。

と、視界が一瞬にして黒くなった。

何が起きたのかは、すぐにわかった。おびただしい数の魚が、勢いよくドッグフードに群がってきたのだ。魚、魚、魚。いったいどこにいたのだろうというくらい大群の魚は体に黒いスジが入った熱帯魚で、海中に浮遊する餌だけでは飽き足らず、手元に直接食いついてくる。

何匹かに、右手の甲を齧《かじ》られた。なんだこれ、意外に危険じゃないか。情けないほど困惑して、隣の女を見遣《みや》る。俺と同様魚に取り囲まれてその顔はよく見えないが、機嫌よさそうに容器をゆらゆら振り続けている。おじさんがカメラで俺たちを撮っている。

「い、いてっ」

餌やりは一、二分程度のことだったろうか。ドッグフードがすっかりなくなると魚たちはあっさりと泳ぎ去り、視界は再びクリアになった。

ボートの下まで歩いて戻り、梯子を上って水上に出る。おじさんはまた女の尻をつかむようにして、真下からその体を押し上げた。

「もうさー、いちいちお尻触ってくるのなんなんだろうね？　シゲくんも触られた？　やっぱあたしだけ？」

陸まで戻るボートの中で女はぷりぷり怒ってみせたが、貴重品を預けた施設に戻るとテンションの高さを取り戻し、水中で撮られた写真をあれもこれもと注文した。

魚に嚙《か》まれた手の甲には傷ができている。塩水が沁《し》みて痛い。

そのことをおじさんに伝えるべきか、それよりも彼が着岸する直前に海に向かって放尿していたことに言及すべきか逡巡《しゅんじゅん》したものの、自分の英語力ではどうにもならないという結論に達して諦めた。アーチを描いて海に放たれるおじさんの小便は陽《ひ》を受けてきらきらと輝いていた。その光景を一秒でも早く忘れたいと俺は思った。

なんとなく決めたにしては、マクタン島はあまりにも俺の目的に適した島だった。つまり写真を撮るにも、日本のしがらみを忘れるにも、女とバカンスを楽しむにも。

雨季にあたる六月はベストシーズンとは言えないものの、雨は長時間降り続くことは稀《まれ》で、むしろ観光客が多すぎないぶん過ごしやすいと言えた。

長逗留《ながとうりゅう》するため費用を考慮し、ランクを落として選んだわりに、ホテルの質も総じて悪くなかった。施設内は全体的に湿度が高く蒸し暑いが耐えられないほどではなく、サービスも清潔感も行き届いている。円安のせいか日本人客はあまり見かけず、他のアジア地域や欧米からと思われる客が多い。

それぞれ独立した客室は巨大な卵の殻を地面に伏せたようなドーム型で、フロントやスパやレストランのあるメインの建物から海側へ向かってぽこぽこと建てられている。室内はほどほどの広さがあり、やや流れは悪いが風呂もトイレも付いている。ベッドはスプリングが効きすぎていて女と交わるたびに腰をやられそうになるが、膝の力加減を調整するコツがだんだんつかめてきた。

プライベートビーチはあまり透明度が高くはなく、魚に会える海へ行きたい旨をフロントで告げると、ホテルのスタッフが車に乗せて運転していってくれる。陽射《ひざ》しが水面に描く網目模様も、浅瀬を泳ぐとりどりの魚たちも、波打ち際ではしゃぐ女も、すべてがフォトジェニックだった。

女はいいモデルだった。撮られ慣れていないのが逆によかった。浜辺で、岩場で、プールサイドで、ショッピングモールで、観光地で、女が見せるさまざまな表情や動きを写真におさめ続けた。部屋では暇さえあれば抱きあった。性体験を得たばかりの頃に戻ったみたいだった。ベッドでの行為に飽きると、夜のプールにしのびこみ、水着姿のまま交わった。

事後、女は必ずコーヒーを淹《い》れた。ショッピングモールで調達したハンドミルやドリッパーを使い、やけに美味《うま》いコーヒーを淹れてみせた。コーヒー党というわけでもない俺なのに、なんだか忘れられなくなりそうな味に思えるほどだった。

女に月の障りが来ると、タクシーやトライシクルに乗って島中を巡り、観光らしい観光をした。マゼランを討ち取った首長ラプラプの像も見たし、実弾射撃の体験もした。椰子《やし》の実に直接ストローを挿して飲むココナッツジュースは青臭く、どろりとしていた。果物屋台でマンゴーやバナナを買いこみ、地元民が集まるナイトマーケットで甘辛い鶏肉《とりにく》を齧った。どれがいけなかったのか、その夜俺は腹を下してトイレにこもるはめになった。

渋滞する橋をタクシーで渡り、セブ島にも行った。

太陽が容赦なく照りつける中、有名な教会や戦争の爪痕を見て回った。市街地では通行人がじろじろと俺たちを見た。この暑いのにボリュームのあるロングヘアを揺らしレース素材のワンピースを着た女は、どうしたって目立つ。女はほとんど汗をかかない体質らしく、赤道直下の陽射しにも無遠慮な視線にも涼しい顔をしていた。

日本人旅行者の口コミで見た飲食店でふたりで三百円にも満たない昼食を済ませ、トライシクルに乗った。トライシクルは、四人ほど乗れるサイドカーのついたバイクだ。ワンメーターを八ペソ、つまり二十円ちょっとの料金で運んでくれるから、迷わず貸し切りにする。女が行きたいと希望していたギター工房の名を告げると、島内をぐるぐる回った挙句に、伝えたのとは違う工房へ連れて行かれた。

「ま、いいや、これはこれで」

切り替えの早いのが女の美点だった。工場部分はオープンエアーになっていて、職人たちが木材をカットしたり接着したり組み立てたりしているのを、女は興味深げに見て回った。肩まわりに巻きつけたカーディガンからのぞく二の腕がこんがり灼《や》けている。

ギターミュージアムのほうに回ると、形も種類もさまざまなギターが壁一面にかけられていた。お土産《みやげ》にするんだ。そう言って女は真剣な眼差《まなざ》しでギターを選び始めた。店員の若い男が期待をこめた目つきでついてくる。お土産という言葉を俺は反芻《はんすう》した。あたりまえだが、いずれは日本に帰るのだ。

「ハウマッチ？　……オー、オーケー」

俺と同じくらい英語のできない女は小学生レベルの英会話で値段をたずね、一本四千ペソと言われて落胆している。

そこでオーケーと言ったらまずいんじゃないか、買う意志があると思われるんじゃないかという俺の心配をよそに、女はギターからウクレレに狙いを変え、最終的に一台三百ペソの小ぶりなウクレレに心を決めたようだ。海と夕陽と椰子の木と「Cebu」の字がペイントされており、あまり趣味がいいとは思えなかったが黙っていた。おもちゃにしか見えないがきちんと演奏できるらしく、店員がぽろんぽろんと掻《か》き鳴らしてみせた。

「まーちゃん、こういうの好きかな」

ぽつりと漏《も》れたつぶやきを、俺は聞き逃さなかった。

こちらから何か問う前に、女ははっとした顔になり唇を引き結んだ。視線だけで店員を呼び「ディス、アンド、ディス」と商品を指差して二本購入すると、会計が終わるまでちらりとも俺のほうを見なかった。

牧雅茂《まきまさしげ》という俺の名前をわざわざ「シゲくん」と呼ぶ心理の背景が、なんとなくわかったような気がした。別にわかりたくもなかったけれど。

マクタン島へ戻るタクシーの中は無言だった。禍々《まがまが》しいほど赤い夕陽は、俺の目には少しまぶしすぎた。


手持ちの現金がずいぶん減ってきている。いくら物価やサービス料が安いとは言え、ここへ来て三週間も経つのだから当然だ。

ホテルのフロントにも両替サービスはあるがレートが悪いので、ショッピングセンターへ両替しに行く。女はスパだかマッサージサロンだかに行くと言うので、別行動にした。

外貨両替窓口で虎の子の日本円をフィリピンペソに替えてもらいながら、俺は帰国後の生活のことをようやく真剣に考え始めていた。

日本に戻って即フォトブックを刊行したとしても、印税が振りこまれるのは数か月先であること。

三十四歳の無名のフリーフォトグラファーが表現活動だけで身を立ててゆけるほど、世間は甘くないこと。貯金を食いつぶして生きるか、再就職するかを迫られるであろうこと。そして、「好きな人」と暮らす部屋を飛びだしてきたという女のこと。

向き合うべき事項は山ほどあり、しかし具体的な懸念に思考が及ぶなり、頭の中は霞《かすみ》がかったようにぼんやりしてくる。

体というのはまったく便利なもので、セブ島で生じた微妙なもやもやは、セックスをすればいっぺんに彼方《かなた》へ押しやることができた。日に灼けた女は相変わらず美しく、出会った頃にはなかった野性味のようなものも加わっている。脂質や糖質の多い食事になりがちなせいか、肉感的になったようにも見える。本人も気にしているらしいが、俺から見れば健康美と言っていい範囲の変化だった。

それでも膨大な量を撮っているうちに、マンネリ感が出てきたことは否めない。南国の美しい自然と、ビーチリゾートを楽しむ女性。それ以上でも以下でもない気がして、じわじわと焦燥感を覚え始めた。ちゃんと商業作品になるんだろうか。俺のファンは待っていてくれるんだろうか。そもそも、ずっと追いかけてくれるファンなんていてくれるんだろうか。

マンネリと言えば、食事もそうだった。ホテルの朝食バイキングは宿泊料とセットなので、昼と夜のことだけ考えればいいわけだが、いくら観光客に人気の島でも夜は治安がいいとは言えない。ナイトクラブへ行こうとして、ストリートチルドレンに取り囲まれたこともある。面倒になって、夜も朝と同様ホテルで済ませるようになっていた。無難な洋食がメインで、フィリピン料理と中華料理が少し。もはやメニューに載《の》っている料理のほとんどを食い尽くし、さすがに日本食が恋しくなっている。

レストランの客席は海に張りだした大きなテラスになっていて、眺めは抜群だが暑さや蚊が気になる。潮風に吹かれながらとる食事の贅沢《ぜいたく》さにすっかり慣れてしまっている自分が少し怖かった。デング熱のウイルスを持つ蚊がいることについては、来島時は女のほうが気にかけていたが、今は俺のほうがせっせと虫除《むしよ》けスプレーを消費している。

「ねえねえ、新しいデザート増えてる」

ある朝のバイキングで、女がはしゃいで俺を呼んだ。俺はパンやベーグルで充分腹が膨れるので、デザートコーナーはあまりチェックしていなかった。女がトングで指す先にある大皿には、たしかに見慣れない紫色の立方体がぎっしり載っている。ムースのようにもプリンのようにも見えるが、とにかく色が強烈だ。

「何それ、葡萄《ぶどう》？」

「葡萄ケーキかな。なんか違うような」

正体のわからないものを二個も三個も皿にとっている。席につき、フォークで削りとって口に入れた女は黒目だけを動かし「いや、芋だ」と言った。

「芋？　さつまいもとか？」

「んー、なんか違う。もっとこう……風味が……」

なんだか俺も気になって、ひと口分けてもらう。舌の上でねっとりと崩れた中にあるその味は、たしかにフルーツというより野菜由来のものに感じられた。美味いのか美味くないのか、よくわからない。

空いた皿を下げに来たウェイターの少年にたずねてみた。

「ワッツ、ディス？」

口にするなり自分の英会話力が情けなくなったが、少年は律儀《りちぎ》に皿を見つめた。アーモンド色の肌に、制服の真っ白なワイシャツが映えている。ひょろひょろした高身長と顔立ちの幼さがアンバランスで、瞳も睫毛《まつげ》も日本人と同じように漆黒だ。

「あー、ワッツディスじゃなくてえっと、ワッツフード……素材……マテリアル……」

「Oh」

少年は俺の意図を理解した顔になった。

「It's ube」

「ウベ？」

「聞いたことあるかも」

俺と女が顔を見合わせている間に少年は行ってしまう。スマホを取りだし、「ウベ　芋」で検索してみた。

「あー、ヤムイモだって」

「山芋？」

俺のスマホをのぞきこむ女の髪には、潮の香りがしみついている。

「いや、ヤムイモ。ウベも山芋もヤムイモの一種で、同属別種ってやつなんだって。ウベには紫のと白のがあって、紫のものが紅芋とも呼ばれるって」

「ああ！　沖縄のお土産で紅芋タルトとかあるもんね？　あれかー」

正体がわかって安心を得たらしく、女はぱくぱくとそのムースだかプリンだかを食べ始める。

リプトンの紅茶で口の中をリセットしながら、俺はサーブや片づけに忙しい少年に視線を奪われていた。このレストランではさまざまな年齢の従業員が稼働しているが、彼がいちばん若いようだ。そういえば、ここへ来た初日に客室へ案内してくれたポーターもあの少年だった。俺たちのスーツケースをひとりでふたつともドアの前まで運び、「Good Luck」と親指を立ててみせた。何の感情も持たないようにしてマニュアルをこなしているふうに見えた。あの年頃で、学校へは行かずに働いているのだろうか。

彼がもう一度回ってきたタイミングで、声をかけた。

「ハウ・オールド・アー・ユー?」

「Fourteen」

愛想はなく、かと言って面倒そうでもなく、少年は簡潔に即答した。

「キャナイ・テイク・ユア・ピクチャー?」

銀のトレイに俺たちの使った食器を載せながら、少年は初めて俺の目を直視した。俺の隣で女がけげんな顔をしているのがわかったが、それを確認する気にはなれなかった。

「あなたの写真を撮ってもいいですか」は“Can I take a picture of you?”が正しいのだと気づく頃には、少年の写真がだいぶ溜まりつつあった。

少年はガブといった。ガブリエルというのが名前だが、フィリピンではニックネームの日常的な使用がポピュラーで、本名を使うことは稀であるらしい。

「正式なモデルとして報酬を払うから」と依頼したものの、ガブは「ホテル内は全面チップ禁止とされている。撮るなら好きに撮っていい」という旨の返事をした。その悟ったような目つきや態度に、何とはなしに胸をつかまれた気分になった。

宿泊客としての立場を超えない範囲で、仕事の邪魔にならないよう注意しつつ、働くガブを撮らせてもらうようになった。ウェイターとして、清掃員として、ポーターとして。館内で見かけるたびに一眼レフを構える俺に、ガブは構わなかった。拙《つたな》い英語で質問を投げれば、必要最小限の言葉が簡潔に返ってきた。

学校へはやはり行っておらず、家族を支えるためにこのホテルで住みこみで働いている。一昨年までは通学していたため英語を学んでおり、そのために比較的まともな職を得ることができた。きょうだいは自分を含め六人。ぽつぽつ返ってきた回答をまとめれば、そのような事情らしかった。

アーモンド色の肌に、短く刈りこまれた黒い髪、無駄な肉のついていないしなやかな体。そして俗世間の憂いを濾過《ろか》するフィルターみたいな無欲な瞳。

気づけば夢中になっていた。モデルが東南アジアの少年になっただけで、俺の写真はこうも雰囲気が変わるのか。自分の未知なる可能性にわくわくするのはずいぶん久しぶりのことだった。こんな気持ちにさせてくれる被写体には、日本では出会えない。

夕食後、エントランスの床にモップがけをしていたガブをさんざん撮らせてもらい、満足して部屋に戻る。女の淹れたコーヒーが無性に飲みたくなっていた。

東南アジア地域における貧困層の生活がのぞける、次作はそんなコンセプトにしたらどうだろう。担当者に提案してみようと頭の隅にメモをしながら、湿った夜風に吹かれて歩く。砂地に敷き詰められた白い石の上を歩き、卵の殻を伏せたようなドーム型の客室をいくつも越えてゆく。靴底が小さな貝殻を踏み割る。見上げた夜空には、南半球の星座が輝いている。

自分たちの部屋にたどりついてノックをするも、返事がない。ルームキーで解錠して入る。女はベッドに伏せてだらんと腕を垂らし、しどけない姿で眠っていた。タガログ語のテキストが、その脇に落ちている。旅行者向けというより、マニアックな語学好きのためのもののようだ。こんなもの持ってきていたのか。知らなかった。

拾い上げると、黄色い付箋《ふせん》が貼られているのに気づいた。「ありがとう」を意味する「Salamat po《サラマッポ》」の箇所だった。いつ使うんだよ。俺はくすりと笑った。

「久しぶりにセブ島行かない？」

ベッドの上に道具を広げてカメラの手入れをしていると、ホテルのスパから戻ってきた女が声をかけてきた。今日は雨季らしく朝から雨で、体や機材のメンテナンスくらいしかやることがない。

ぶしゅっ。ブロワーでレンズ回りの埃《ほこり》を吹き飛ばし、外せるパーツを外しながらさらに丁寧に風をあてていく。ぶしゅっ。ぶしゅっ。

「……セブ？　行く？」

「うん。アヤラセンターでGAPとかZARAとか見たくて。化粧品もなくなってきちゃったし」

海辺でもカメラを使いまくっているので、塩分を丁寧に取り除く必要がある。マイクロファイバーでボディやファインダーを拭き取っていく。三脚穴には細かい砂が入りこんでいた。またブロワーを持ち直す。ぶしゅっ。

「ねえ、シゲくんてば」

「はいはい、はいはい」

この島へ来てからひと月と一週間が経っていた。手持ちの資金も尽きかけており、チェックアウト時に支払う額を考えると、いくらカード払いできると言っても息苦しさを覚えるレベルになってきた。そろそろ帰国時期を具体的に決めないとならないだろう。虫歯治療をずるずる延期しているような落ち着かなさは、さすがにもう無視できない。

でも、俺はまだガブを撮りたい。あの悟りと憂いの表情や、しなやかな体を撮りたい。彼を通じてしか見えない世界があるのだ。

こんなに纏《まと》わりついてくる相手についてまったく知ろうとしない彼は、べたべたした付き合いの多い日本社会に身を置いてきた自分にはあまりにも新鮮な存在だった。黙々と働く彼を見ていると、心の透明度が増し、自分も真摯《しんし》に生きたいと自然に思えてくる。

「……セブにはガブがいないからなあ」

何も考えずにつぶやいて、はっとした。女が薄い怒りの膜で覆われる気配がした。

「またガブなの？」

昨夜も小さな言い合いをしていた。撮り溜めた写真を見せてほしいと言われたのを俺が拒否したのだ。どうせなら、一枚一枚きちんと調整してから見てほしい。でもまだガブの写真の整理や編集に夢中で、女を撮ったものには手をつけていなかった。

「アヤラセンターだったら、隣のホテルから無料のシャトルバスが出てるっぽいよ。乗せてもらえるんじゃゃね？」

「……あたしってなんのためにここにいるのかな」

望遠レンズをクリーニングペーパーで磨きこむのに集中した。こういうとき、相手の怒りにたやすく乗っかってはいけない。

「言いたくないけど、シゲくん最近ちっともあたしを撮らないよね？　それならそれで別に構わないんだけど、せめて遠出するときは同行してくれないかな。日本ほど治安がよくないの知ってるよね？」

立っていた女が隣に座ってきたので、その体重ぶんベッドが沈みこんだ。女の甘ったるい香水のにおいが近づく。出会ってからしばらくはその香りを嗅《か》ぐたびに欲情のスイッチが入ったものだが、今はそうならない自分に俺は気がついた。

「シゲくんさ」

レンズの中心部から円を描くように、外側に向かってゆっくりと拭いてゆく。あまり力を入れすぎず、レンズの表面をやさしく撫《な》でるように。クリーニングペーパーのアルコール薬剤が拭きむらとして残らないように。

「シゲくんはさ、日本に帰ってもガブと連絡をとるの？」

思わず手が止まりそうになる。

「あたしのことも、あの男の子のことも、ただの素材として見ているよね。モデルとか被写体とか言っちゃえばなんとなくそれっぽく聞こえるけど、はっきり言って都合のいいコンテンツだよね。深く関わろうとしてるわけじゃないよね」

ガブのことはこんなにせっせと撮るくせにストリートチルドレンのことは疎んじ、スラム街になど足を踏み入れる気もない。そんなスタンスで「東南アジア地域における貧困層の生活がのぞける作品」だなんて謳《うた》う資格があるはずもないと、本当はわかっている。安全な場所から撮影できる、清潔でお行儀のよい被写体にしか興味がない。そんな自分の薄っぺらさをすべて見透かされている気がした。

「それにさ」

女は声を震わせている。バーのカウンターで泣いていたあのときの姿と重なる。儚《はかな》いほど白かった首筋は、今やすっかりたくましく日焼けしている。

「一緒に帰国したら結婚しなきゃだめかなとか考えてるでしょ、わかるよ」

「実果《みか》」

この島へ来て初めて女の名を呼んだ気がした。

「俺はさ、俺は」

ああ、だから言葉でわかり合おうとするのは苦手だ。ファインダー越しでなら、心と心で向き合えるのに。

「なんかさ、風に吹かれるように暮らしていくのが性に合っているみたいなんだよね。今時流行《はや》らないとは思うんだけどさ」

かつて、婚姻関係を結んでいたことがあった。他人と生活リズムや金銭感覚を擦り合わせて暮らす日々に、二年で飽きた。あの不動産会社だって、ふらふらと短期バイトを繰り返したのち久しぶりに就いた定職だった。

「日本に帰ってもきっと、またふらっとどこかへ旅立ちたくなってしまうんじゃないかな。だから」

だから、期待なんかするな。俺なんかに人生を託すな。心の中で念を送る。

女は無言で立ち上がる。白いエナメルの鞄《かばん》を引っつかんで部屋を出ていく。雨の中、ひとりでセブ島に行くのだろうか。俺はベッドから立ち上がらなかった。

バラしたカメラのパーツを、ひとつずつ戻してゆく。絞り羽根にもう一度ブロワーで風を吹きつけ、レンズに拭きむらが残っていないか光にかざして確認し、リングにはめこんで本体に装着する。かちり、という無機質な音の響きに、言いようのない安らかさを感じた。

珍しく、ガブがこちらを気にしている。ひとりでパンをちぎりサラダにフォークを突き立てる俺に、サーブや片づけをしながらちらちらと視線を投げかけてくる。それはそうだろう。俺がひとりで朝食の席に現れたのは初めてなのだから。

今朝起きたら、女の姿は消えていた。淡いオレンジのスーツケースや、バスルームに干してあった水着、化粧台まわりにずらりと並べてあった化粧品なんかと一緒に。ウクレレ二本を詰めこむのが精いっぱいだったのか、単純に忘れたのか、コーヒーミルとドリッパーだけがシンクの脇に残されていた。

俺と同じくらい英語ができないくせに、ひとりで手続きして航空券をとったらしい。腹の底から不思議な笑いが湧いて、気づいたらウベのデザートを皿に山盛りよそっていた。

自然の色とは思えないほど濃い紫の塊をフォークの先で切りとり、口に押しこむ。ねっとりとした中に繊維質も混じった食感を、早くも口がもてあます。

ウベと山芋の違いを思いだす。同属別種。女と俺も、そうだったのかもしれない。根っこの部分はひどく似通っているものがあったはずなのだ。勢いで一緒に日本を飛びだしてしまえるくらいには。

食べきるのを諦めてフォークを置き、カメラケースから愛機を取り出す。レストランの客は疎《まば》らで、働くガブを撮らせてもらうには絶好のタイミングだった。ドリンクバーでトロピカルジュースの補充をしているガブに、真横から近づく。露光を調節しながらファインダーで空間を切り取り、少年の鼻先あたりにピントを合わせる。と、彼がこちらを見た。

それは心の声が聞こえるような視線だった。憐《あわ》れむような。呆《あき》れたような。労《いたわ》るような。

シャッターに載せた指先が、凍てついたように動かなかった。

彼に初めて声をかけたときのことが、苦味をもって蘇《よみがえ》る。金をやると言えば目を輝かせて飛びつくだろうと思った俺は、彼を侮っていたのかもしれない。十四歳とは言え、彼はあくまでプロのホテル従業員だった。そして今この瞬間、俺は彼に同情と憐憫《れんびん》を向けられていた。ひとりの人間として。

「サラマッ、ポ」

シャッターを押す代わりに言ってみた。唯一覚えたタガログ語だった。ガブがなにか感情を表す前に視線を外し、席へ戻る。もう彼にカメラを向けることはできない。皿に残されたウベのデザートに嗤《わら》われているような気がした。

海は今日も青くて、風は今日も湿っぽく、スコールは一瞬で過ぎた。背中を波に預けて浮かんでみる。一本の流木みたいに。

観光客のはしゃぐ声や水音が、半分水に浸かった耳に届く。体の表面をじりじりと焦がされながら、できるだけ思考を追い出して空っぽになろうと試みる。風向きによってはまた、俺を必要とする誰かのもとへと流れてゆける気がして。

陽射しに目を灼かれ、まぶしさに手をかざす。海の底で魚に噛まれた傷がすっかり消えていることに気づく。それなのにまだそこにあるような気がして、俺はそっと手の甲をさすった。

初出

コーヒーの囚人　「小説宝石」二〇二三年　七月号
隣のシーツは白い　「小説宝石」二〇二三年　十一・十二月合併号
どこかの喫煙所で会いましょう　「小説宝石」二〇二四年　七月号
招かれざる貴婦人　「小説宝石」二〇二四年　三月号
風向きによっては　書下ろし

砂村かいり　すなむら・かいり

2020年に第5回カクヨムWeb小説コンテスト恋愛部門で
『炭酸水と犬』『アパートたまゆら』で
特別賞を二作同時受賞し、翌年デビュー。
軽やかな筆致と丁寧な人物造形の描写が魅力の注目の新鋭。
他の著作に『黒蝶貝のピアス』『苺飴には毒がある』など。
近刊は常識にとらわれない夫婦の在り方を描いた
長編小説『マリアージュ・ブラン』。

コーヒーの囚《しゅう》人《じん》

2024年12月30日　初版1刷発行

著者
砂村《すなむら》かいり

発行者
三宅貴久

発行所
株式会社光文社
〒112-8011 東京都文京区音羽1-16-6
電話　編集部 03-5395-8254　書籍販売部 03-5395-8116　制作部 03-5395-8125
URL 光文社 https://www.kobunsha.com/

組版
萩原印刷

印刷所
新藤慶昌堂

製本所
ナショナル製本

落丁・乱丁本は制作部へご連絡くだされば、お取り替えいたします。

ISBN　978-4-334-10514-3